我與你的緣分，未完待續

倪小恩——著

【推薦序】╱Lavender

首先，我要恭喜小恩繼《一眼望見你》後又再次出版第二本商業誌了！

這是我第一次寫推薦序，能夠收到小恩的邀請，我真的非常感謝也非常榮幸！

這是一個關於重逢的故事，不疾不徐的，我們能跟隨著小恩筆下的步調一點一滴的看下去，並陪伴著故事裡的角色們探索心裡的每個祕密及想法，讀起來很輕鬆沒有壓力，很適合在這樣忙碌步調的生活中，坐下來仔細品嘗，很浪漫、很甜蜜，也很溫暖。

我很喜歡這種，錯過，然後因為重逢，而又讓彼此連結起來的破鏡重圓。

當局者迷，旁觀者清，縱然宇凡的個性是如此率真，但在面對喜歡的人時，我們誰不是小心翼翼的，深怕自己愛慕的小小心思被發現了。

然而，就是在這樣小心掩護卻又沒有一方願意往前踏出一步的情況下，往往就會造成遺憾哪，所以，有愛就要說出口。

通常大家都說男主是女主的，然後男二才是讀者的。

但是這次我要說：宇凡，像梓晨這樣好的男人，妳要是再晚一步，我就要帶走囉！

最後，我想說，看完整本書的時候，我的內心很充實，謝謝小恩為我們帶來這樣暖暖的、溫柔的故事。

【推薦序】／黏芝麻

在青春年少的時光中，總有那麼一個人就這樣駐在心底，待多年後回顧，才發現那份對初戀的情感，從未因時間而失色。

學生時代的我們總會有那麼一段青澀的暗戀史，喜歡的心情固然美好，卻也往往因為沒有勇氣說出自己的心意，因此無疾而終。《我與你的緣分，未完待續》中的女主角曾宇凡就是如此，幸運的是，她在多年後，在新的職場和過去的初戀重逢了。

倪小恩的文字樸實而流暢，在現在與過去交錯的筆法中，輕易的就將人拉入回憶、引起共鳴，在面對學生時期的青澀和身為成年人的現實中，一起尋找那曖昧不明的感情的名字。

我很喜歡倪小恩在故事中探討到的戀愛習題，年少的感情是單純而美好的，而成年人的交往必須顧慮到現實層面的問題，年齡、習慣等各種條件，都可能是猶豫的因素，但在喜歡的感情之前，何者又是最重要的——這裡就賣個關子，讓大家到書裡頭找答案了。

假如你／妳在學生時期也曾有那麼一個忘不掉的人，不妨拿起此書，和他們一起踏入回憶的長廊，尋找相愛的可能性。

【推薦序】／席雪

我一直覺得，在茫茫六十幾億人口中，遇到一個對的人，和那個人相愛相守、步入婚姻，是愛情裡尋常的SOP流程。畢竟，只要你堅定不移地相信愛情，總會有那麼一個人，出現在你的生命。

但是對我而言，經歷與一個人相遇、錯過、重逢，繼而相愛相守，卻是一場奇蹟。

因為，你在不對的時間遇見了對的人，要面對失去很可惜，然而，兜兜轉轉一圈，這個對的人終於又在對的時間出現，就可以圓滿本來的遺憾。

並非每個人，都能像故事裡的宇凡和梓晨一樣那麼幸運，高中時期相遇、錯過，又在出社會，各自在成長的道路上變得更加成熟懂事後，以更適合對方的姿態重逢。有些錯過的緣分，失去了就只能成為遺憾了。

看完這個故事後，我的腦海裡浮現出「緣起不滅」這四個字，緣分、緣分，有些人有緣無分，可是有些幸運的人，在緣起後，雖然經歷徐徐時光，終究還是結出了美滿的果子。

小恩的文筆總是帶著甜甜、暖暖的溫度，讓人在閱讀時，心裡時常帶著一份舒適與期待，「我與你的緣分，未完待續」利用主線和回憶交錯的寫法，描述了宇凡和梓晨的現在和過去，而他們的互動的亮點，總能使人嘴角不自覺地上揚，更會讓我想起，那段青澀時光中，曾經暗戀的那個人。我相信許多人都曾經和宇凡一樣，小心隱藏起喜歡一個人的心情，不敢讓誰發現，只是為了可以一直待在對方的身邊。

長大後的我們，也曾懊悔過年輕時的不勇敢，因為沒有跨出那一步而失去的機會、錯過的對方，留下的遺憾。

慶幸的是，在故事裡，我們不會有那些錯過、不會有那些遺憾，可以停留在最甜蜜的片段和美好的盼望裡，和主角們一起。

你也期待能再次和曾經暗戀過的那個誰重逢嗎？

祝福我們，都能與愛情重逢。

目次

【推薦序】／Lavender 003
【推薦序】／黏芝麻 005
【推薦序】／席雪 006

第一章 011
第二章 029
第三章 047
第四章 065
第五章 080
第六章 097
第七章 112
第八章 133
第九章 149
第十章 169
第十一章 188

【後記】 204

第一章

曾宇凡身上穿著高跟鞋與面試必備的全黑套裝，與前方的行政人員一齊走入一間嶄新的辦公室，兩位腳下高跟鞋的聲音此起彼落的響起，敲響了這寧靜的空間。

前方的行政人員綁著一個高馬尾，馬尾隨著她走路的律動搖擺著，曾宇凡看著她的馬尾，發現她的馬尾比她所指的方向還要更吸引她的目光。

在匆忙行走中，她看到了這位行政人員上面的職員證，上面寫著：羅少菲。

「妳以後就是宋醫師的秘書。」羅少菲的聲音拉回她的注意力，曾宇凡飛快地將視線從她的烏黑馬尾上面拉回，扯了扯嘴角，微笑點頭回應。

「宋醫師剛升部主任，所以換了一個新的辦公室，有些東西都還沒有搬來。」曾宇凡推開辦公室的門，裡頭的桌子、椅子、櫃子通通都是新的，就連辦公桌上的電腦也是最新型的蘋果電腦。

而這小間辦公室裡面又有個門，打開這個門後，裡面又是個小空間，幾個封箱的箱子與一疊資料胡亂的放置在桌上，櫃子裡面也有幾本亂放的原文書籍或是雜誌，都是跟醫學有關的。

「部主任這週剛好出國，囑咐我說在他回國以前一定要將他新的辦公室整理好，我們這幾天就一起整理。」羅少菲用手背敲了敲桌上其中的一個箱子，沉甸甸的聲音傳來。

宋部主任，宋醫師，本名宋大宗，是醫院外科部最近新升任部主任的主治醫師，年紀約五十歲，已婚，有兩個孩子。

這是羅少菲告知她的資訊，曾宇凡想起兩週前的面試，就是這位宋醫師親自來面試她的，那時候的面試地點是位在醫院對面的咖啡廳，一個有點年紀的高瘦男醫師在十分鐘內問了她幾個問題，這些問題都很不按牌理出牌，比如，他問她大學最喜歡的科系是什麼？最喜歡的運動是什麼？平常的休閒娛樂是什麼？等等一些完全跟工作性質毫無相關的問題。

當初面試完畢後，曾宇凡原先以為這份工作不會應徵上了，因為這些問題她覺得自己沒有回答的很好，然而當她要繼續找尋其他工作機會的時候，羅少菲打電話通知了她，請她今天前來報到。

「對了，我叫羅少菲，跟妳一樣也是外科部的秘書。」羅少菲這才想起要介紹自己，邊說邊拿起胸前的員工證給她看，「我的位置在妳隔壁不遠處，主要負責的醫師是楊主任，若有什麼問題都可以來找我，這幾天我會分發給妳一些事情，慢慢的做交接。」

曾宇凡又點了頭，對她微笑，「請多多照顧了。」

「彼此彼此，跟妳說，雖然我們名義上負責的是主任的事情，妳是宋主任，而我是楊主任，可也要處理其他主治或是住院醫師的事情，總之事情很多很雜亂，加上有些醫師難搞又機車，等等……我不該對妳抱怨這些的，當我沒說啊……」

像是為了遮掩剛剛不小心的洩漏，羅少菲輕咳了幾聲後帶她走進了茶水間，指了一台黑色咖啡機，「這兒的咖啡機、飲水機、微波爐都可以使用，宋主任、呃是宋部主任，其實我還是比較習慣叫他宋主任啦！宋主任是個愛喝咖啡的人，有時候會請妳幫他泡咖啡，或是買醫院裡的咖啡。」她在咖啡機上面按了幾個按鍵，抬眸看著她，「會用嗎？」

「會，大學曾經在咖啡店打工過。」曾宇凡回答。

「那太好了，我就不用教妳了。」

兩人相視一笑，羅少菲突然意識到她身上的穿著，「還有，以後別穿套裝了，也不用穿高跟鞋沒有關係，可以穿休閒一點，也可以穿牛仔褲，鞋子不建議高跟鞋是因為有時候送公文經常在醫院內走動，怕妳走久了腳步會痛，像我這樣——」她指了指身上的白色襯衫與底下的七分牛仔褲，搭上白色帆布鞋。

曾宇凡再次點了頭，「嗯，知道了。」

在短短三天的時間內，曾宇凡與羅少菲兩人一起合力將部主任的新辦公室給整理好，所有的資料都整齊的疊放在辦公桌上，厚厚的書籍也都好好的陳列在書櫃中，曾宇凡滿意的看著整理成果，因為覺得有成就感而不自覺的泛起微笑。

也許是因為她剛就職的關係，羅少菲不敢丟太多的工作給她，目前都是一些輕鬆的工作，偶爾送送緊急公文而跑腿，或是接電話，其餘的時間就是將紙本資料建檔。

由於大學時期曾經在學校的行政單位裡面擔任工讀生，經常打字，所以對於資料建檔方面她非常的有經驗，中英打的速度也非常的快速，而且錯誤率幾乎為零。

她們的秘書辦公室外頭有個公文收發資料處的架子，不僅是接收別的單位送來的文件，也是專門放置一些要送出去的文件，這些文件都是由醫院的收發大哥負責發送。

這幾天她幫好多外科部的醫師收了很多信件，紛紛發送至各個醫師的桌上，不僅是主治醫生們，還有許多住院醫師們。

而這天她在整理這些信件的時候，看到了一個熟悉的名字：霍梓晨。

眉頭微微一皺，她有些愣住了。

因為這個名字對她來說好熟悉，是曾經進駐在她青春裡面的重要名字啊……

敲了敲住院醫師的辦公室後走進，這裡是大型的辦公室，一整排都是外科部住院醫師的辦公桌，只是住院醫師似乎繁忙，這幾天來放資料或是信件的時候，都只有少數幾個人在而已。

那屬於霍梓晨的座位位在最裡頭靠近窗戶的旁邊，窗簾拉開，陽光正巧直直地射在他的位置上，使他的位置顯得更加的明亮。

此刻座位上沒有人坐，這幾天曾宇凡也不曾看過有人坐在這位置上過，潔白的醫生袍整齊的擱放在椅背處，曾宇凡走近後悄悄的將信件放置在他桌上後，眼珠子掃著，想從他桌面上的各個角落讀取一些資訊。

他到底是不是她所認識的那位霍梓晨呢？還是只是同名同姓的人而已？

可惜桌面上能讀到的資訊無法判定，就連筆跡也是，她記得高中霍梓晨的筆跡是很端正美麗的，可這個霍梓晨的筆跡有些潦草倉促，無法確定是不是同一個人。

曾宇凡沉浸在自己的思緒中，想喚醒記憶中那關於霍梓晨的任何一件小事情。

此時，住院醫師辦公室突然被人開啟，一個年輕男子走了進來，曾宇凡的思緒被打斷，見到對方熟絡的往某個座位走去，她心想對方的身份應該是某位住院醫師。

那名年輕男子戴著粗框眼鏡，一副不修邊幅的模樣，見到辦公室處有人在，微微的抬眸，好奇的目光停留在曾宇凡身上僅有短短一秒鐘而已，最後漫步的走回自己的座位上坐好，連招呼都沒有。

初踏入這職務沒有多久，理應是要善意的對對方點頭微笑，曾宇凡咬著唇，心中想著是不是要上前去做一下自我介紹，介紹自己是外科部新來的秘書，可是這想法在靠近那人的時候消失殆盡了，因為剛剛進來的這位年輕男子此刻正趴在自己的座位上面小憩，看起來疲累。

這幾天只見到幾位醫師出現，而且每個人出現都像風一樣，好不容易襲捲來，又飛快的襲捲離開，曾宇凡覺得醫師們非常繁忙，忙到沒有時間回到自己的座位上面，就算有時間回到座位上面，能做的事情也只是休息而已。

曾宇凡沒有繼續將心思停留在這上面，腳步放輕的離開這裡回到自己的座位上，繼續做著羅少菲交代她的事情。

忙碌一陣子，離開辦公室的時候又見到公文收發資料處上一疊資料，她輕吐了口氣，將那些資料拿回自己的座位上做分類，分別在需要給醫師簽名的地方貼上螢光紙，接著她又去送資料了。

這一次沒有霍梓晨的任何文件，可曾宇凡在經過他附近的座位時，會特別繞過去看，目光也會特別停留幾秒鐘，明明上頭找不到任何的蛛絲馬跡可以證實他是她所認識的那位霍梓晨，可她仍然不死心的想找尋些什麼來。

心裡頭有點期待，也有點慌，到底是不是她所認識的那個人呢？

「妳是新來的秘書嗎？」一位染著褐色頭髮的年輕男子叫住她，對她燦爛的笑著，身上穿著藍綠色的開刀服，看來又是位醫師了。

「是的，我叫……」第一次被叫住，曾宇凡有些緊張的要將員工識別證拿到這位住院醫生的面前。

「別緊張，我知道妳叫曾宇凡。」他解釋，「少菲有寫信告知大家外科部來了一位年輕美眉，還要大家別欺負妳，要好好的照顧妳，可妳的名字有點像男生，大家還以為這次來的秘書是男生。」

曾宇凡乾笑了幾聲，心中卻覺得有點暖，至少在這裡有位羅少菲會好好的照顧她，至於名字經常被誤認為是男生，她也習慣了。

眼前這位住院醫師看起來年紀與她差不多，約莫二十八、二十九歲左右，笑得時候眼角處有一些魚尾紋出現，表示他應該經常笑，他長相英俊，富有磁性的聲音中透漏著他的沉穩。

他手上拿著一杯咖啡，雙手悠閒的倚在座位的隔間處，抿了一下唇，低聲問她：「老宋什麼時候回來呢？」

「宋主任嗎？我聽少菲說應該是今天晚上的飛機，明天會進來辦公室。」曾宇凡據實說。

對方點點頭，又想說什麼的同時，他的手機響了起來，「喂？……好，我馬上到。」他將手上的咖啡遞給曾宇凡。

曾宇凡眨眨眼睛，下意識的接過咖啡後用懵然的表情看著他，不懂為什麼他要將還沒喝完的咖啡給她。

「幫我處理一下，我要去開刀房。」他丟下這句話後，匆忙的離開。

那位住院醫師離開後，曾宇凡看著手上那杯黑咖啡，遲了幾秒鐘才走進茶水間幫他處理好，處理好後，她又想到什麼事情似的，走近住院醫師的辦公室裡面，看著他剛剛站的座位旁邊，這座位上面的名牌寫著：蕭旻言。

若要說同事好不好相處，這件事情曾宇凡還真的不知道怎麼回答，所謂的『同事』至今她只見到了羅少菲而已，其他的嘛……喔對，還有蕭旻言，其他匆忙之中只出現片刻的因為都不知道叫什麼名字，她無法知道對方是誰，只知道是外科部的醫生，除此之外，沒了。

她的辦公桌旁有個小窗戶，時常百葉窗緊掩著，偶爾休息的時候她會用手指勾著百葉窗片，藉此知道外頭的天氣好不好、陽光大不大，又或是有沒有下雨的跡象，有的時候她也會無聊的看著外頭那些正在走路的人，有的在趕時間，有的倒是挺悠閒的，繁華都市下所有的畫面被框在百葉窗間格中，像是一幅一幅的畫。

「宇凡。」羅少菲的聲音突然在門口處響起，曾宇凡將擱在百葉窗片上的手指抽回，回頭望著她。

「明天早上八點是一個月一次的部務會議，記得七點半準時來哦！妳要幫忙做紀錄，地點在醫院十樓的會議室，在教材室附近，還要幫忙準備早餐。」

「好。」

「不用擔心，我也會一起去。」她順便給了她一份文件，「這是要給宋主任簽名的文件，妳幫我放在他桌上，他簽完名後再拿來給我，我再往上做簽呈。」

「好。」她接過，在上面貼了一張螢光紙做記號。

「這幾天還可以嗎？」羅少菲關心著她，明亮的雙眼一動也不動的停留在她臉上，像是想從她的臉上讀取其他資訊來。

曾宇凡點頭，淡淡的笑著，「目前還可以。」

「目前覺得還可以是因為宋主任不在，等他明天回來啊……妳有得忙囉。」她攤手，「但工作……就是這樣子囉，有做才有薪水，沒做只能吃土水。」

羅少菲幽默的話讓曾宇凡不禁笑了出來。

「對了，少菲，裡面的醫師妳都認識嗎？」她突然想到什麼事情的問。

「都認識啊！好歹我在這裡也快兩年了，每次都像個小奴婢一樣幫他們做事，怎麼可能不認識他們啊？」

曾宇凡聽了，說：「那妳知道……霍梓晨……他……」

「霍醫師嗎？他怎麼了？」

「喔，因為他的名字跟我一位高中同學一模一樣，我只是在想是不是他本人……」

「明天部務會議所有的外科部醫生都會來，包含主治跟住院，到時候見到面不就知道了嗎？」羅少菲看著她，從她的眼眸中捕捉到一點驚訝與期待，她故意湊近她，「有八卦？」

「沒、沒有啦……高中同學而已，能有什麼八卦？」

「哦？」羅少菲顯然不信，給了她一個詭異的笑容。

「真的啦……」她強調著，「真的就只是很好的高中同學。」

她跟霍梓晨之間，真的就只是這樣子。

曾宇凡對於霍梓晨的印象停留在高中時期那經常不苟言笑的面孔，他長得眉目清秀，一臉淨白的臉，全身散發著一股清冷的氣息。也因為經常正經八百的臉孔，加上成績優異，時常擔任班長。

從高一就開始擔任班長，一路當到高三的最後一個學期。每次的幹部投票，全班一致通過，沒有人想出來與他競選，因為知道自己絕對會輸給他。

不知道是不是因為身為班長的關係，霍梓晨有股領導的能力，班上的同學們也都很聽他的話，有了這樣子的小幫手在領導班上同學們，導師也都很放心。

曾宇凡還真想不起他們高一第一次見面的情形，也想不起兩人第一次談話的情形，只知道自己每次看到對方的時候，她對他不會是班長班長的叫著，而是連名帶姓的叫著他。

「霍梓晨。」每當她叫他的時候，霍梓晨的眉毛都會微微的往上挑，尤其是右邊的眉峰處挑得比左邊還要高一些，精明的雙眼直盯著她看，面無表情的冷漠，他不回她『怎麼了』或是『有什麼事』，什麼話都不說的，但曾宇凡就是知道他在等待她開口說下一句話。

她自己也沒有想到竟然能跟這麼冷漠的人相處在一起，而且感情還不錯，在高一上學期某一次的座位安排，兩人被安排在左右相鄰，不知道該說是好的緣分還是壞的緣分，從此之後他們兩個人的關係就這樣緊緊牽在一起。

曾宇凡回過神，將思緒從高中的回憶中抽離出來，眼見時間已經是晚上六點多，早就已經是下班時間了，她趕緊收拾好東西，關了辦公室的燈，然後離開辦公室。

在經過羅少菲辦公室的時候，她聽到了談話聲，探頭過去想打聲招呼，意外看到蕭旻言也在裡面，他身上的那件開刀服已經換下，現在套在身上的是白色乾淨的醫生袍，此刻他正與羅少菲兩個人愉快的聊著天。

「要回家啦？」蕭旻言發現她的存在，羅少菲的目光也轉移到她身上。

曾宇凡點了頭，覺得有點失措，雖然今天第一天上班，但比前輩早點下班不知道這行為會不會被人冷言冷語，可留下來了，也不知道要做什麼事情，因為該做的事情她早就都處理好了。

「路上小心哦！明天記得七點半來。」還好羅少菲的臉上沒有任何一點不高興，這讓曾宇凡心中稍微鬆了口氣，她可不想上班沒有多久就被討厭啊……

「再見，路上小心。」蕭旻言朝她揮手，給了她一個笑容。

曾宇凡再次對他們微笑道別，接著才離開醫院。

這是一間教學醫院，在這個縣市裡面的規模算大，是著名企業家投資成立的醫院，整間醫院的員工人數直逼上千人。

先前的工作性質比較封閉，接觸的人群不多，所以曾宇凡在這次找工作時，聽從家人給的建議，選擇擔任行政秘書，一來可以訓練自己的反應能力，二來可以為自己多磨一些經驗。

她是這麼想的。

可，她沒有想到的是隔天的部務會議，迎接而來的是許多招架不住的事情。

根本完全沒有時間去察看每個醫師的長相，當部主任準時八點走進會議室，他不等其他還沒有抵達的醫師們，就直接開始進行會議了。

而曾宇凡因為他的開始，低頭快速的拿著紙筆紀錄內容。

這場會議中，每位醫師們講話的速度很快，字語間又帶了很多聽不懂的英文專有名詞，飛快的速度幾乎沒有間斷過，這位醫師講完立刻又換下一位醫師，當曾宇凡記錄完前一位醫師所說的內容後，下一位醫師所說的內容她根本就沒有聽進去多少，整場會議下來她手上的會議紀錄東漏西漏，整個慘兮兮。

「宇凡啊……去幫我泡杯黑咖啡，等等幫我處理一下這星期六要演講的檔案。」當會議結束後，部主任匆忙的丟下這句話隨即離開，許多醫師們也魚貫的離開會議室，剩下她跟羅少菲兩人默默地收拾著會議室。

幾乎有個燈光打在她的身上，顯示出她此刻的悲苦與淒涼，如果又有陣涼風吹來，勢必是悲情的角色。

慘了，會議記錄東缺西缺的，沒有一個地方是完整的，她該怎麼辦才好？

她咬著牙，有點不甘心，可會議結束了，她又無法拯救。

是要一個一個醫師去問嗎？但她都不熟，加上醫師們繁忙，根本就沒有時間理會她吧？

紙杯被她疊成一疊，她將那些沒有被喝完的咖啡集中在一起，隨後拿去茶水間處理，處理完後回到自己的辦公室面前，看到桌上被丟著一堆部主任簽完名的文件，她抿著唇，做完深呼吸後開始將這些文件做分類。

事情搞砸了，她有點想哭呢……可是，這件事情也不是哭泣就能解決的。

「嗨宇凡，妳……沒事吧？」聲音說完後，接著敲門聲響了，曾宇凡抬眼見到蕭旻言正站在她的辦公室門口。

「沒事啊……」她強迫自己微笑，可臉卻沉重到不行，直接拆穿了她口中的沒事，任何人都可以感受到她此刻的喪氣，她告訴自己不能這樣子的。

雙手拍了拍臉頰，她再次微笑起，「蕭醫師，找我有事嗎？」

「別叫我蕭醫師，可以叫我旻言就好，大家都是同事。」他給了她一個笑容。

「呃……」她遲疑。

「好，不勉強，稱呼可以慢慢改。」他的手伸進去他身上醫師袍的胸前口袋，從裡面拿了支錄音筆，「這個給妳。」

「這是？」曾宇凡納悶。

「這是剛剛的會議內容，少菲一定忘記提醒妳要錄音了，我這邊有幫妳錄，妳可以藉由這個把會議紀錄給補齊。」

曾宇凡欣喜，一臉訝異的看著他，錄音筆緊緊的握在手掌中。

「蕭、蕭醫師，謝謝你啊……」對啊！她當時怎麼沒有想到說可以用錄音的方式進行？畢竟沒有人是神人，可以把醫師們的開會內容一字不漏的全部都記錄起來啊！

蕭旻言臉上的微笑更深，「有幫到妳就好。」

「你太神了啦——」曾宇凡忍不住說，她現在好想膜拜他啊……

「不謝。」他說：「想感謝我的話，就請我吃飯吧！」說到這，他低頭看了手錶，「那再約囉。」

說完他轉身離開，留下的曾宇凡一臉錯愕。

才剛認識第二天異性朋友，就一起吃飯，雖然說是同事關係，但是……這樣好嗎？

不過她會不會是想太多了？只不過是一頓飯而已。

曾宇凡有一位高中至今還有再連絡的好姊妹，叫李懿弘，這位姊妹很搞笑也很好相處，她一知道曾宇凡應徵上醫院裡面某科的部主任秘書後，就不斷的開玩笑說她發了，說不定以後可以當個醫生娘。

當她告知對方今天發生的這件事情後，李懿弘就嚷嚷的要看對方的照片，原本以為蕭旻言的照片可以在網路上查看，但由於是因為住院醫師的身分，網路上查到的僅有學歷資訊而已，查不到任何的照片。

相對的，網路上就蠻多部主任的照片，是因為住院醫師跟主治醫師的差別，主治醫師有開診間，所以醫院的網站有幫這些主治醫師建立起資料庫方便病人查詢並網路掛號。

『那妳就偷拍他的照片。』李懿弘竟然這樣對她說。

開什麼玩笑啊？偷拍別人的照片很沒有禮貌欸……

突然間，她想到了霍梓晨的事情，於是便告知李懿瓴這件事情，李懿瓴回她：『搞不好真的是班長，我記得他原本的志願是醫學系，但最後考上了電機，說不定他轉系考啊！』

曾宇凡愣愣地看著這訊息，對於霍梓晨高中畢業之後的資訊她一概不清楚，雖然兩人有互加臉書，但他根本就是幽靈人口，很少上臉書的，更別說是發文了。

想到這裡，曾宇凡偷偷的上霍梓晨的臉書觀看，最近一篇的貼文竟然是六年前的大學時期！而且還是另外一個同學標記他的貼文，就連高中班級成立的群組，他也不曾發聲過，這人也太神祕了吧？

而且早上的部務會議，她根本就沒有時間去確認這個霍梓晨醫師是不是她所認識的那位霍梓晨，一想到部務會議，她緊緊握住剛剛蕭旻言給她的錄音筆，先不要煩惱這些了，趕緊把部主任交代的事情辦妥再說。

接近中午時刻，曾宇凡總算將整個部務會議的內容都整理好，她伸伸懶腰，走到公文收發處那裡整理公文，接著拿著錄音筆走進住院醫師辦公室裡面。

一樣的，裡面一個人都沒有，只有因為冷氣而微微飄動的窗簾，整個空間看起來毫無生氣一樣。

曾宇凡將各個醫師們的文件放置在他們桌上，同時也將蕭旻言借她的錄音筆放置在他的桌上，眼睛無意識的往霍梓晨的座位方向瞥過去，明明知道對方不在位置上，但她的目光總是不死心的往他座位的方向飄。

他到底……是不是他呢？

拿起自己帶的便當走進茶水間，放進微波爐之後，她默默地等待著微波的時間。醫院裡面為了電器使用安全，每一次的微波時間都只能使用一分鐘而已，所以她必須站在微波爐面前看著自己的便當，時間到了再轉一次。

輕微又沉穩的腳步聲走進茶水間，曾宇凡低著頭沒有注意有人走進，當微波爐叮的一聲，她馬上打開微波爐拿出便當來。

雙手拿著玻璃盒邊緣，轉身卻見到有個意想不到的人影在，曾宇凡那一瞬間整個嚇到，眼睛瞪大的看著對方，身子無意識的往後一縮，雙手也同時放鬆。

「小心！」對方眼明手快的接住她的便當，玻璃盒毫髮無傷的擱在對方的手掌上。

當回神過來，曾宇凡震驚的看著那隻捧著玻璃盒的手掌，剛剛才微波完，肯定很燙的，慘了，怎麼會……

「曾宇凡。」

「是……抱歉抱歉。」她說著伸出雙手想接回便當。

「……妳怎麼還是一樣迷糊？」帶點磁性的低沉聲音再度發聲，曾宇凡這才愣愣的抬起頭來看對方。

那熟悉的眉宇，脫去青澀而顯得成熟的臉龐，那個人微微挑了眉，墨黑的眼眸叮著她看，眸中似乎有了一絲絲的笑意。

「霍梓晨。」天啊！還真的是他欸！

「是。」他語氣平淡的說。

「真的是你欸……」她瞪大眼睛看著對方，感到好驚訝啊……

「是我沒錯，但妳的便當可以先拿走嗎？」

「噢，對不起對不起！」她趕緊拿回便當，「你……你有沒有燙傷啊？」說著她想查看霍梓晨的手。

「我沒事。」霍梓晨挪動了手，沒有要讓她看的打算。

他的冷漠沒有讓曾宇凡退縮，反倒因為是許久不見的高中同學，她有些的興奮，心中有很多話想說，可又不知道怎麼開口，只能愣愣的拿著便當站在那裡看著他。

「還有事？」他這樣問。

「我……」

「我今天有點忙，早上妳也看到了，部主任碎念了很久。」

「是……」她歪著頭，想到早上部務會議的情形，若不是剛剛已經把會議紀錄都整理好了，否則她現在應該還是一個頭兩個大。

「妳先吃飯吧。」霍梓晨說完，轉身離開茶水間。

回到的辦公室裡頭，曾宇凡立馬傳訊息給李懿瓴，『真的是他！我們的老同學！』

『天啊！艷福不淺欸妳！周圍都是醫生們在打轉。』

『妳個頭啦！胡說八道什麼……』

終於確認這個霍梓晨醫師就是她所認識的那位霍梓晨後，曾宇凡覺得欣喜，可原本以為能夠跟許久不見的霍梓晨敘敘舊，或許哪個瞬間對方突然出現在她面前，兩人談笑著說起高中的往事，這些想法卻通通都沒有發生。

因為霍梓晨，實在太忙了。

到了下班時間，他的位置仍然是空著，可辦公桌下的手提包還在，表示他人正在醫院的某處。

曾宇凡看著他的辦公桌許久，將屬名要給他的信件放置在他的桌子上後，默默的離開。

第二章

『妳留了長髮，看起來變小女人了，霍梓晨他沒有什麼想法嗎？』

下班後一直跟李懿弘通訊息，對方突然丟了這樣的一句話，這時候的曾宇凡正在租屋處附近的小麵店裡面吃麵，筷子頭含在嘴裡，看著李懿弘的這句話，再度回想今天中午時刻與霍梓晨見面的那短短的瞬間。

當時對方很快就認出了她，但應該不是因為長相而認出，而是因為羅少菲寄給大家的信，信件上面很簡單的歡迎她這位新來的秘書——曾宇凡。

高中時期的曾宇凡剪了顆男生頭，短髮加上瘦巴巴的骨架，再加上名字偏中性，班上的人幾乎都把她當作是男生來看待，甚至，她高中時期的綽號就叫做凡哥。

即便她不斷的強調自己是喜歡男生的，可還是有人認為她喜歡女生，甚至還有女生跟她表白過，可高中那三年，她不曾有過想要留長頭髮的想法，只因為想要一直待在霍梓晨的身邊，以好兄弟或是哥兒們的角色來遮掩著自己對他的喜歡，這樣一來就可以永遠待在他身邊了，高中的時候她是這樣想的。

因為，那時候的她默默的喜歡著霍梓晨。

這份喜歡她不敢讓對方知道，怕的就是對方會遠離她。

喜歡就是這麼一回事吧？喜歡的感情像是奇珍異寶小心翼翼的捧著藏起，深怕讓對方發現，可又期望對方真的會注意到。

回過神，曾宇凡咬著下唇，將口中那口麵吞下，快速的將剩下的湯麵給吃下肚，然後結帳離開麵店。

在等待紅綠燈的時候她垂下頭望著自己的鞋子，今天如羅少菲給的建議，她穿了一雙全白的帆布鞋，下半身穿了一件深藍色的長裙，即肩的長髮因為她的動作而垂落在她眼前，她不禁抓起她的髮，想著今天霍梓晨在見到她時臉上的表情——

只是那張面無表情的面孔她讀不出任何的訊息，雖然從高中的時候他就是這樣子的面癱臉，散發一股冰冷不親近的氣質。

對於她的長髮，他會怎麼想呢？高中三年她以好兄弟的角色待在他的身邊，可是霍梓晨……他到底有沒有把她當作是女生來看待過啊？除了那件事情的發生，在他的眼中，她是不是一直都是個不像是女生的人？

想起那件事情，曾宇凡的表情就一臉困窘，她咬著下唇，拿出鑰匙走入租屋處裡頭，鎖上門後將電燈全都打開，疲累的躺在沙發上面。

那件事情她非常的不想要想起來，可是一旦回憶起了，就有如觸動了某個開關一樣，所有的回憶像海浪一樣的朝她的腦中襲捲過來……

記得是高三時期的某天，某節下課李懿瓴拉著她的手要她陪她去福利社，「凡哥，陪我去福利社。」

當曾宇凡正要答應她的時候，一個男性的聲音插進來。

「曾宇凡，妳今天是值日生。」這聲音平平淡淡毫無感情，就這樣在她們之中插了進來，李懿瓴原本拉著她的手鬆了，一臉抱歉的表情看著她，接著跑去找別的女同學一同陪往。

曾宇凡看向霍梓晨的方向，一個白淨的男生倚在講桌旁邊，目光淡淡地望著她，他眉目清秀，散發著一股清冷氣質，臉上毫無表情，在與他對上眼的時候對方的眼珠子往黑板方向投射，暗示她此刻就是要擦黑板。

「吼，霍梓晨，你兇什麼啊？」她不悅的瞪著他，身體卻還是聽話的往黑板處走去，為了表示不滿，她在擦黑板的時候刻意擦得很大力，一堆粉塵直直落下，讓她忍不住打了聲噴嚏。

「我在提醒妳。」霍梓晨稍微往後退，想遠離這些塵埃。

「那你等等陪我去福利社。」她說。

「自己去不就好了？為什麼走到哪裡都要人陪？又不是小孩子。」他嗤之以鼻。

「你管人家啊？」她作勢要拿板擦往他身上丟，見到他後退的行為，她的嘴角微微翹起，像是抓到了對方把柄，一臉得意的表情顯現在她的臉上，但卻也因為得意過頭，沒有注意到講台的階梯，下一秒就直接跌落。

霍梓晨在她即將要跌落的那一瞬間，眼明手快的接住了她的身體，兩個人卻紛紛愣住。

曾宇凡感受到自己的胸部被一隻大掌給包覆住，霍梓晨只感受到掌中的一陣柔軟，當意識到這些的時候兩人瞬間分開。

「死變態啊！」她拿起手上的板擦往他身上扔過去。

板擦近距離無情的直接打在他身上那潔白的制服上，留下筆灰的印子，他的耳根子整個變紅，「我是看妳要跌倒，好心的想扶妳……」

結果曾宇凡臉紅的跑離教室，根本不聽他的解釋。

高三那一年自從這件事情的發生，霍梓晨再也不與她勾肩搭背了，可若不是有這件事情的發生，霍梓晨豈不是一直把她當作是個男生嗎？

一直喜歡的男生沒有把自己當作是女生來看待，她多麼的欲哭無淚啊？

也許因為重新遇見了昔日的高中同學，這幾天的晚上曾宇凡都夢到了高中時代的那段青春歲月，在高中時期的她妄想著自己想要趕快長大，可現在年近三十歲的她卻妄想著能回到那段回不去的歲月時光裡面。

若人可以回到過去，她想緊緊的抓住那男孩身上的潔白制服，對他好好地說聲她喜歡他。

赫然睜開眼睛，她瞬間從夢中驚醒，腦袋沉重，整理一下思緒後，曾宇凡從床上起身，看了一眼鬧鐘，快速的收拾準備上班。

打完卡走進辦公室，椅子還沒有被她坐熱，一個男生的聲音響起，「嘿，宇凡。」

她抬頭，是蕭旻言。

「這文件妳可以幫我傳真一下給對方嗎？」他指著一台複合式的影印機，結合列印、影印、傳真的功能，可就是因為功能複雜，所以沒人用的上手，「我不知道怎麼傳真，而且少菲今天請假，可以麻煩妳嗎？」

「好，我傳真完畢再放蕭醫師您的桌上。」她微笑的接過文件。

「都說不要叫我蕭醫師了，可以叫我旻言，不要覺得彆扭，大家都這麼叫的。」

「我……」但直接稱呼異性的名字，她還是覺得有點彆扭，更何況他們之間沒有這麼熟啊！才認識幾天而已……

雖然他叫她宇凡，也叫羅少菲叫少菲……

「暱稱慢慢改，傳真完畢東西放我桌上。」蕭旻言給她一個台階下。

「好。」曾宇凡一臉尷尬的笑容，這時候電話響起，她接起電話，「喂，外科部您好。」

「急診室這裡需要骨科的診斷單，關於兒童骨折跟上肢骨折。」對方說完立刻掛上電話，曾宇凡傻了眼，回神過來後只剩下電話被掛上的嘟嘟聲，完全沒有聽懂對方的話語。

而這時候蕭旻言人早就走了，她只好頂著混亂的腦袋走進住院醫師辦公室找人求救，一進去，就發現穿著醫師袍的霍梓晨人低頭望著筆電，他的神情認真到讓曾宇凡不敢打擾他。

可是，來自於急診室的電話，應該是很急，若沒有即時處理的話不知道會不會發生什麼事……

她不自覺地踱步來又踱步去，沉重的嘆口氣。

「曾宇凡。」

這冷漠的聲音讓曾宇凡的背立刻挺直，怯怯的回頭，對上那如夜色般的眼眸。

「沒事不要在這走來走去，惹得我分心。」霍梓晨面無表情的說。

見曾宇凡一臉委屈的模樣，霍梓晨愣了一下，他記得她高中的時候即使不甘心，可也不曾在別人面前呈現自己的柔弱，因為她的心很好強，不想讓旁人知道脆弱。

曾宇凡鼓著腮幫子，沒有說話的要往門口離開的時候，霍梓晨再度叫住她，「等等，妳怎麼了？」

曾宇凡聽到他的聲音，轉過頭眼冷的看著他，語氣微微顫抖，「霍梓晨，你還記得我們是高中同學嗎？嗯？」

「我當然記得。」他心中想著：她沒頭沒腦的在說什麼？

「你既然記得，怎麼都不會想找我聊天？吃飯也好，聊天也好，我們可以聊起高中的往事，難道這些事情只有我在期待嗎？」她看著他，「你知道我是你高中同學曾宇凡，可是這幾天你從來沒有關心過我，我知道當醫師很忙，忙到沒有時間坐在自己的位置上，可是你忙到——連簡單的招呼都不打嗎？」

蕭醫師就不會這樣子——她在心中補充著。

霍梓晨沒有說話，他的眼眸直盯著她，蹙眉，帶著茫然。

「算了，也許對你來講，我們的友誼就只有這樣而已，但對我來說，能夠再次遇到你，我可是蠻開心的欸……就當我一個人窮開心，自己暗爽，就這樣子了，你這位獨傲王子。」曾宇凡丟下這句話離開住院辦公室，走沒幾步，卻又想到急診室那邊的事情還沒有解決。

她不禁搗住自己的腦袋，她到底在做什麼啦啊啊？

轉身看著剛剛被她關上的住院醫師辦公室門，她可沒有任何勇氣再次打開了，反正獨傲王子這麼喜歡獨傲，那就讓他繼續獨傲下去好了——她是這樣想的。

但是急診室的事……怎麼辦才好啦？

辦公室門再度被打開，但這次是被人從裡面打開的，霍梓晨人站在門口那，看著她。

「曾宇凡。」

「……啊？」

不知道霍梓晨為什麼此刻朝著外頭東張西望的，明亮的走廊什麼人都沒有，安安靜靜的，最後他伸手抓住曾宇凡的手臂，將她整個人拉進辦公室裡面。

「欸……你幹麼？霍梓晨，你——」男人的力量很大，曾宇凡因為手臂被抓疼而忍不住哀叫，見到他關上辦公室的門，她忍不住蹙眉，「霍梓晨，男女授受不親，你把我抓進來還關上門，孤男寡女的，你、你想做什麼啦？」

「孤男寡女？男女授受不親？」霍梓晨冷笑了一聲，一手撐在門上，一手輕放置在她的肩膀上，臉靠她靠得很近，「高中時期妳跟我都會勾肩搭背了，那時候妳怎麼就不說男女授受不親這個詞語？」

「那是因為——」曾宇凡這才發現自己被困在霍梓晨與門之間，這男人知不知道他此刻的行為是在對她壁咚啊？

見到對方那微微滾動的喉結，與領子處露出來的鎖骨，曾宇凡突然覺得臉頰一股燥熱，她的視線不知道要放在哪裡好。

「因為？因為什麼？」見到她的反應，他竟然覺得有點好玩，臉甚至不自覺地靠近，拉近與她之間的距離。

「反正那時候你也沒有把我當成女生看待啊！」曾宇凡雙手推開他的胸膛，卻意外發現這男人的身材挺結實的。

什麼？醫生不是都很忙嗎？竟然還有時間練身材？她記得高中時期的霍梓晨瘦瘦高高的，可沒有什麼身材啊！

「我沒有把妳當成女生看待？」霍梓晨人就這樣被她些微的推開，用一種讀不出的神情凝望著她，「妳怎麼會這樣想？」

「啊？」曾宇凡眨眨眼睛，「你高中不是一直把我當男生嗎？當兄弟啊！當哥兒們什麼的。」

霍梓晨沒有說話，可表情卻顯現的凝重。

「我沒有說錯吧？」曾宇凡說：「你不是也凡哥凡哥的叫我嗎？」

「曾宇凡，妳高中那時候穿的是裙子還是褲子？」

「裙子啊……」雖然當時的她也想穿褲子，因為穿裙子有好多的動作都要受限，很麻煩的。

「妳穿裙子就表示妳自己都知道自己是個女生，那我怎麼可能把妳當做男生看待啊？」他一臉奇怪的表情。

「可是很多人都以為我喜歡女生啊……你……你不是也一樣這樣想嗎？」

「我？」霍梓晨一臉不信，「怎麼可能？」

「有，你就是有！」曾宇凡咬牙，就是因為有！所以高中那時候她才遲遲不曉得該怎麼讓他相信她喜歡的是男生，該怎麼讓他知道她那時候喜歡的人是他啊！

「我真的有？」

「有，你就是有！」曾宇凡再度說一次，語氣非常的強調。

這下霍梓晨完全無言以對了，因為他再怎麼回想也回想不起這件事情。

「好啦……過去的事情就算了，我現在鄭重的告訴你，我是貨真價實的女生好嗎⁉」她拉了拉她自己的頭髮，「還有，我的性向正常，我喜歡的是異性是男生，你可不要亂講話……」

「我亂講話？」霍梓晨皺眉。

曾宇凡直接忽略他那充滿疑問的表情，直接轉移話題，「欸，我剛剛接到電話，是來自急診室的，現在不知道該怎麼辦才好，你能不能幫我啊？」見對方不語，她又補了一句：「好同學、好朋友、好同事？」

「急診？急診會打給秘書不就是要妳印製診斷單嗎？」

聽到關鍵字，曾宇凡一臉欣喜的擊掌，「對，就是診斷單，診斷單我要去哪裡找啊？」

「員工系統上面都可以抓，有個空白表單可以下載，裡面一堆分類，妳找行政處裡面的外科部門應該會有，診斷單有分好幾種，這次是要什麼診斷單？」

曾宇凡垂下臉，「我怎麼都聽不懂你在說什麼？什麼員工系統？那是什麼？」

「妳還沒有上過員工訓練嗎？」

她搖頭，心中想著：那是什麼？可以吃嗎？好吃嗎？

霍梓晨嘆口氣，「妳跟我來。」他走回到自己的辦公桌坐好，操作起自己的筆電，在網頁處打了幾串英文字母後，一個頁面跳了出來，「這個是我們醫院的員工系統，任何的表單都可以在上面查到，而且也可以查詢其他員工的分機與聯絡資訊等等的，也可以查到自己的薪水，或是員工餐廳的菜單，還有各個單位的重要公告。」

按了幾次滑鼠，他抬眸看著曾宇凡，接觸到她一臉認真的神情，表情雖然是認真，可是卻又包含著一堆疑惑。

「簡單來說就是這樣。」霍梓晨講解完畢後，再度抬眸，「急診室要妳印什麼診斷單，妳還記得嗎？」

「記得，兒童骨折跟上肢骨折。」她回答。

「好。」他快速的找到那兩份診斷單，按了列印，同時不遠處的列表機發出聲音來，接著他起身走到列表機那裡拿著表單遞給曾宇凡。

「謝啦——」曾宇凡說：「霍梓晨，你好神啊！跟高中的時候一樣，不管什麼事問你總是能解決。」

霍梓晨卻反而問：「妳現在要去哪？」

「拿去急診室啊！」她一臉不解。

霍梓晨不自覺的扶了額頭，「不是這樣的，急診室來來去去有好多病人，妳拿一份診斷單怎麼夠用？」

曾宇凡微微瞪大眼睛，「我……我不知道……」

「我知道妳不知道，可能少菲還沒有交接到這一塊，走，我帶妳去教材室列印，那邊列印速度比較快。」

「可是……你不是在忙嗎？我會不會打擾你工作了？」曾宇凡突然覺得良心不安。

「妳是打擾了。」他冷酷的說：「但面對新同事，加上是昔日的高中同學，我可不能見死不救。」

這句話聽起來應該是要感動，可曾宇凡怎麼有種被他挖苦的感覺？

「快走。」他催促著，走出辦公室後，在醫院走廊繞來繞去的，搭上電梯前往十樓，又是繞一堆路，最後終於抵達了教材室。

「霍梓晨，醫院這裡有夠複雜的，你怎麼都知道路啊？」曾宇凡往後看著剛剛走來的路，她有點擔心自己找不到回辦公室的路，那可怎麼辦啊？

「待久了自然就知道路。」他從她手上抽走剛剛的那兩張紙，向教材室裡面的人打聲招呼，「廖姐，可以借用印表機嗎？這是外科部新來的秘書，她要列印急診室的診斷單，少菲今天請假無法跟她拿影印卡。」

「霍醫師，當然可以啊！你請用吧！」

對方這位年長的姊姊朝著霍梓晨眉開眼笑的，曾宇凡想起剛剛一路走來就有不少人對他打招呼，看來霍梓晨在這間醫院的名聲還不錯，雖然他的回應都是冷冷淡淡的，但眾人的反應似乎很喜歡他。

「曾宇凡，妳有沒有在看？」他的聲音打斷了曾宇凡的思緒，她瞬間回過神，見到霍梓晨一臉撲克牌臉，表情甚至有一些些的不耐煩。

「有……有啦！我有在看……」才怪，她剛剛一直在想霍梓晨的事情，根本就沒有認真看他操作，可是印表機不就是這樣子的嗎？按一按資料就會印出來了。

「那我講解完畢了，妳來操作。」霍梓晨往後退了一步，讓出印表機前面的位置，要她過來。

曾宇凡低著頭走向前，在靠近霍梓晨的時候她聞到了一股淡淡的清香味，這是在經過他位置時會有的味道，很像是天然的肥皂味，聞久了都不會覺得刺鼻。

還好曾宇凡在大學時期的打工經驗讓她操作過不少次的印表機，所以她順手的在機器上方按了按，抬頭問他：「我要印幾份啊？」

「一百份。」

「啊？」她瞠眼。

「我沒騙妳，真的一百份，不然妳兩三天就要去急診補一次，妳肯定會很煩。」

「喔……知道了。」她按了數字，印表機開始作業。

說話就說話，就不能好好說話嗎？每一句聽了都充滿了刺耳與不耐煩，這霍梓晨會不會覺得重新遇到她是一件麻煩事啊？

想到這裡，曾宇凡覺得心頭上悶悶的，有點喘不過氣來。

好不容易各自一百份的診斷單都印好後，跟教材室的人道了謝，曾宇凡小心翼翼地捧這手上的這兩百份診斷單。

「給我。」

「啊？」

霍梓晨不想再說第二次，伸手將她手上的資料全數都拿走。

「我、我可以自己拿……」

「就我拿。」他的語氣很冷，顯然不想繼續與她爭下去。

「……喔。」好吧，他跟高中時期一樣依舊是個很熱心助人的人。

曾宇凡靜靜地走在他的後方，因為她不知道來的路要怎麼走，剛剛九彎十八拐的，若亂走走錯迷路了那可就好笑了。

「霍梓晨。」她叫了他的名字，「你會不會覺得重新遇到我是一件……麻煩事啊？」

霍梓晨轉過頭來，瞇起眼睛，接著又快速的轉回去，他沒有說話，曾宇凡等了又等，他還是沒有開口回答她。

「你不說話……我當你默認哦？」

此刻，霍梓晨停下腳步轉頭看她，曾宇凡慣性的往前走，也不自覺地停下腳步看他。

「我沒這樣想。」他回答。

「但這幾天你給我的感覺都好冷漠……好啦……可能你們醫師真的很忙很忙，常常開刀房或是門診室跑來跑去的，可是蕭、蕭旻言就不會這樣子，他很熱情欸！都會跟我打招呼……」

也不知道是因為聽到了什麼，霍梓晨的表情有點變了，變得凝重，也更加的冰冷，他的眼眸似乎蓋上了一層薄霧，突然的那一瞬間，看不清他的神情。

「曾宇凡，如果可以，離蕭旻言遠一點。」久之，他對她說。

「啊？為什麼？」

「沒有為什麼。」他卻這樣回答。

「什麼跟什麼啊？」見到霍梓晨又開始走動，曾宇凡不自覺得跟上，同時拉起他身上的白袍，「欸，講話不要講一半好嗎？霍梓晨，你不喜歡他啊？為什麼不喜歡？你們不是同事嗎？還是你們有發生過什麼事？」

霍梓晨沉重的吐了口氣，擰著眉，「……凡哥，妳很吵。」

曾宇凡瞪大眼睛愣了一下，幾乎想尖叫，伸手打了他一下，「不要叫我凡哥啦！都跟你說我性向正常了！」

因為某些事情的發生她超級討厭這個綽號的。

「同性戀者性向也是正常的，我可是支持同性戀的。」

他的話讓曾宇凡徹底無語，腦中頓時想到高中過去那令她心碎的畫面片段，那畫面依舊清晰，可就是因為過於清晰，更加的覺得痛苦不堪，她抿著唇，獨自生悶氣不再說話。

「……生氣啊？」霍梓晨察覺不對勁，轉過頭果真看到她苦著臉。

曾宇凡沒有說話。

「曾宇凡？」

「沒事。」她的語氣變冷。

「什麼？」他一臉不解。

「沒有。」

「啊？沒有的話妳生氣什麼？」

「我沒有生氣。」

「女生說沒有生氣，就是在生氣了。」霍梓晨嘆口氣，「我剛剛有說了什麼讓妳覺得不舒服的話？」

曾宇凡還是不說話。

直到兩人前往急診室，將診斷單給急診護理師後，曾宇凡還是不想與他說話，霍梓晨見狀上前拉住她的手腕，下一秒曾宇凡卻快速的抽回她的手。

「欸，妳是怎麼了啊？」他問。

「我沒怎樣啊！」

「妳、到底……可不可以有話直說啊？」

「有話直說是建立在真的有話要說的前提下，但我對你無話可說啊！」曾宇凡說。

她的這句話讓霍梓晨瞬間無言以對。

「都成年了，能不能不要……這麼幼稚？」最後，他用那冷峻的面孔說。

只是曾宇凡早就習慣他的冷酷了，她攤手，「霍梓晨，都成年了，能不能不要這麼幼稚一直追問？」

「啊？」

此刻，終於來到她所熟悉的路線了，曾宇凡加快腳步的往前衝，看到電梯門口緩緩關上的同時，快速的溜進去裡面，下一秒電梯門關上，留下電梯外愣住的霍梓晨。

哈哈，見狀曾宇凡覺得有點舒爽。

她開開心心的回到自己的秘書辦公室處，用飛快的速度將公文收發處的資料都整理好，當離開住院醫師辦公室的時候，霍梓晨人剛好回來。

「曾宇凡，中午吃個飯吧。」霍梓晨抓住她的手腕。

「……我可以拒絕嗎？」她說。

「當然不行。」

「你憑什麼？」她問。

沒有想到她會這樣回答，霍梓晨頓時之間無語了好幾秒，最後他嘆口氣，「妳不是說高中同學見面就是要好好的聊一聊，敘敘舊嗎？」

曾宇凡同意的點頭，「你說的沒有錯，但這是要建立在兩人都想敘舊的情況下，反正霍梓晨醫師您也很忙，就不勞煩您浪費時間在我這小小的……同性戀秘書身上了。」

「原來妳在生氣我說妳同性戀？」他終於找到癥結點。

曾宇凡故意哼了一聲，沒有要繼續與他抬槓的打算，往辦公室門口走去，卻在沒走幾步的時候被人從後用力拉回來，她的腳步一整個不穩，整個人往後倒過去。

霍梓晨見狀將她人護在懷中，此刻曾宇凡只覺得對方身上的清香味道變得濃烈，整個鼻腔內都是這股味道，雖濃烈卻不難聞，她的背部緊貼在他的胸前，一瞬間忘記要掙扎。

「哇？你們在幹麼？跳恰恰嗎？」辦公室內，第三方的聲音出現，是蕭旻言，一開門就見到眼前的畫面，他不免笑了一聲。

「蕭、蕭醫師……」曾宇凡趕緊將霍梓晨給推開，「沒有的，剛剛不小心跌倒，霍梓晨他拉我一把而已。」

「霍梓晨？」他挑眉，「妳叫他霍梓晨，卻叫我蕭醫師？我聽了心裡有點不平衡啊……」

「那是因為……我、我們是高中同學啦……」她解釋著，也不知道是在尷尬什麼。

「你們是高中同學啊？這麼巧？」蕭旻言這樣說，臉上有著詭異笑容。

「是啊……是有點巧。」曾宇凡說。

「曾宇凡，我中午去找妳，妳敢拒絕我妳就死定了。」霍梓晨丟下這句話，獨自回到自己的座位上面繼續方才被曾宇凡打斷了很久的事情。

曾宇凡傻了眼，沒有想到霍梓晨是這麼霸道的人。

「霍梓晨在追妳啊？」沒有想到，蕭旻言這個問題更加讓曾宇凡傻眼。

「啊？沒、沒有啦……他、他怎麼可能會追我……沒有這回事啦……」曾宇凡說，還是一臉尷尬，「我有事要忙了，抱歉，先走了……」丟下這句話後，她趕緊奔回她的辦公位置。

第三章

「霍梓晨，曾宇凡她好像喜歡你欸。」

「搞笑嗎？凡哥欸！她喜歡的是女生。」

高中時期的這兩句對白至今在曾宇凡腦中清晰的要命，像是用刀子狠狠地刻在腦中一樣，想忘也忘不掉。

她曾經責怪過霍梓晨少根筋，智商高情商卻低的要命，分數甚至是負的，可最大責怪的還是自己，誰叫高中時期自己要剪短髮，誰叫她自願假裝成為霍梓晨的好兄弟就只是為了要一直待在他身邊？

所以說來說去都要怪自己，是她自己讓別人誤認為自己喜歡女生的，被誤會也就算了，有時候因為懶得解釋而不否認到底，她本來就應該要否認到底了，也就不會這樣一錯再錯、錯得離譜！

在高中時期偶爾會與身邊女生討論起喜歡的人的類型，有的人要身高高，有的人要功課好成績優異，有的人要熱心助人時常微笑，有些人列出來的條件少，有些人列的條件多到十幾則，而她，對於高中時期的曾宇凡，她對於喜歡的人沒有列出任何的條件，只要與對方的相處能夠自在、能夠開開心心的就好了。

因為她那時候早就已經喜歡上了霍梓晨，可是，她卻無法說出喜歡霍梓晨的理由。

她不是因為他帥才喜歡，不是因為他個性好才喜歡，況且他的個性冷冰冰的能夠與他相處在一起她也覺得自己很不容易，當然也不是因為他成績優異才喜歡上的。

總之，她找不到喜歡他的理由，她對他的喜歡情感就是平白無故的出現，無法避免也無法揮別，就是喜歡上了他。

霍梓晨準時在中午十二點出現在她的辦公室門口，身上那件醫師袍已經被他脫下，露出裡面深藍色的襯衫與黑色西裝褲，合身的襯衫襯托著他那有點結實的身材，不像高中時期那樣的高挑瘦弱。

「走了。」他的語氣有如命令，這讓曾宇凡覺得不悅，故意拖來拖去，所有的動作都放慢在進行。

「曾宇凡，妳蝸牛嗎？快一點。」

她幽幽的說：「嫌慢可以去找別人吃飯啊！更何況我又沒有答應說要跟你吃午餐。」

「妳還在鬧脾氣？」

「怎麼敢啊？你是霍梓晨欸！誰敢跟你鬧脾氣？」說完，她丟下了筆，從包包裡面拿出錢包與手機，接著站起身。

「我跟妳道歉。」他說：「可是我真的只是說好玩的。」

「人人生而平等，你怎麼可以用同性戀這個詞來當作玩笑話？你就不怕同性戀者聽了會不開心嗎？」

「我——」他嘆氣，「好，是我的錯，我不該這樣子。」

曾宇凡這才滿意的點頭，話說她現在才意識到，明明早上跟霍梓晨的相處模式還很陌生很不熟，怎麼經過了這幾個小時，兩個人的關係竟然變成可以開始鬥嘴了？

她不禁有點懷念高中時期的他們，也是經常鬥嘴經常互鬧，不過由於霍梓晨冷酷的個性，所以幾乎都是她在鬧他比較多。

兩人在醫院美食街點好了餐點，端著午餐找了個雙人空位坐下。

「欸，霍梓晨，為什麼你要我離蕭旻言醫師遠一點？」她問他。

「沒有為什麼。」他連想都沒有想，直接這樣回答。

「那我可以不聽你的話嗎？」她問，下一秒鐘卻被霍梓晨瞪了一眼。

曾宇凡抿著唇，咀嚼著口中的貢丸，「講真的，你要我離蕭醫師遠一點，卻又不說原因，這讓我難以接受。」吞下貢丸後，她又繼續說：「況且我又不是你的誰，憑什麼命令我？」

霍梓晨盯著她，最後說：「我就是不想要看到你們相處在一起。」

「啊？」她一臉不解。

「算了，妳當我沒說。」他又這麼說，這回答讓曾宇凡更加納悶，到底什麼跟什麼啊？

「你討厭他？」她問。

「是沒有到討厭，但就是不喜歡他。」

「為什麼？」

「沒有為什麼。」

「怎麼可能沒有為什麼？你不可能平白無故不喜歡一個人吧？」

「為什麼不可能？」霍梓晨這樣反問，惹得曾宇凡的頭在抽痛。

啊咧？到底是怎麼一回事啦？

曾宇凡眨了眨眼睛，決定不再繼續與他談論有關蕭旻言的事情，否則好像鬼打牆一樣，怎麼談也談不到她想要聽到的答案。

是當了醫師後腦袋開始怪怪的嗎？可霍梓晨在高中時期是學霸欸！

好，算了，不講這些，感覺好像在講同事壞話，在人家背後閒言閒語的，這可不是曾宇凡的作風。

「你有女朋友嗎？」找不到任何話題她只好問。

霍梓晨搖頭，「沒有。」

「怎麼可能？」曾宇凡不相信，霍梓晨的長相屬於帥氣，濃眉鼻子挺的，冷峻的臉孔搭上清冷的氣質，這種男人怎麼可能沒有女生倒追？除非有個原因——

曾宇凡想到那個原因，不禁有點冒冷汗。

「為什麼不可能？」霍梓晨回問。

「就……你長得蠻帥的啊！應該會有女生倒追吧？」

「有是有，但我沒興趣。」

「沒興趣？」曾宇凡又是用一臉懷疑的表情看著他，「欸霍梓晨，你剛剛告訴我說你支持同性戀，還是說你自己其實是個同性戀啊？」

如果是這樣子，曾宇凡對於高中時期那遺憾的愛情終於可以徹底揮別了。

霍梓晨聽到所有的動作瞬間定格住，就好像電腦撥放影片按了暫停鍵一樣，他定格了三秒鐘，最後緩緩地將筷子與湯匙放置好，冷眼的看著她，「我不是，我喜歡女生。」

「哦……」曾宇凡心中有點暗自鬆了口氣，並不是她覺得同性戀不好，她自己也是很尊重同性戀的。

「妳腦袋在裝什麼？」

「裝……跟你一樣的東西啊！你不是也以為我喜歡女生嗎？」她瞪了他一眼。

「我沒有，我從來沒有認為妳喜歡女生。」

「哦。」她敷衍，不想跟他爭吵，因為她肯定對方一定忘記了當初高中時期曾經從他嘴裡吐出的話。

「我說的是真的。」見她不相信，霍梓晨再度強調。

「哦。」再度敷衍，也再次肯定剛剛心中的結語。

「妳不相信？」

「信啊！怎麼不相信？你說的算囉。」曾宇凡盯著桌上的湯麵，裡頭的麵已經被她吃得差不多了，她的右手上換成湯匙，開始撈湯喝。

霍梓晨盯著她，眸中有著旁人讀不懂的情緒，墨色的眼眸像深淵一樣的看不清。

「那妳呢？」

「我什麼？」

「有男朋友嗎？」他輕描淡寫的問。

曾宇凡吞下最後一口湯，滿足的將碗放置在桌上，「沒有。」她拿起衛生紙擦嘴，「你要介紹給我嗎？」

霍梓晨微愣，緩緩的說：「妳喜歡什麼條件的？」

曾宇凡看著他，嘴角淡淡的勾起一個弧度，眼中卻沒有任何笑意，她皮笑肉不笑的，過了幾秒才說：「我覺得好奇怪，為什麼愛情是需要條件的？不能只是喜歡就好嗎？」說到這她看著被自己的胃掃光一空的空碗，「就像我們在吃飯，選餐點不就是選自己喜歡吃的就好？你會看其他的條件嗎？比如熱量、或是上面的配菜。」

「不，喜歡這件事情就是建立在條件之上才會產生的。」

見曾宇凡一臉不解，霍梓晨繼續說：「表面上說愛情是靠感覺是靠相處，但其實這些都是建立在條件之上而有的，如果不是因為相處過了覺得對方不錯，妳哪會喜歡上對方？『相處過而覺得不錯』這句話本身就是個條件。」

曾宇凡沒有說話，咬著下唇，思緒飄到了高中時期的她。

那時候的她，不管怎麼的想，就算想到腦子都快燒壞了，她就是想不出為什麼會喜歡上霍梓晨的理由。

而如今，對方那輕描淡寫的話卻給了她一個追尋了許久都無法得到的答案。

僅僅只是因為高中那時候喜歡與他相處在一起而已，這，本身就是個答案了。

意識到這些，曾宇凡她無意識的泛起微笑，可這抹笑容在霍梓晨的眼中卻讓他愣住了一些，現在她人就在他面前，她是想到什麼事情、什麼人物可以笑成這樣子？

「曾宇凡。」

「啊？」他的聲音讓她瞬間回過神。

「妳在笑什麼？」

「我……我有在笑嗎？」曾宇凡雙手輕拍著自己的雙頰，「我剛有在笑？」

「在想哪個男人笑成這樣嗎？」

「我……」總不能直接開口說我正在想高中時期的他吧？甩了頭，「沒有啦……就突然間想到高中時候……」

霍梓晨看著她，深思著，雙眉微微蹙緊，但又很快的鬆開。

「你剛剛說的沒有錯，愛情是建立在條件之下的，不管是一見鍾情，或是因日夜相伴而日久生情，都是建立在條件之下而有的感情。」她看著他：「雖然聽起來有點務實，可學生時代的喜歡可以靠感覺靠相處，但到了試婚年齡，更多的條件都要加進去了，好像原本純粹的愛情變得沒有那麼純粹了。」

「這句話意思是……妳覺得妳開的條件很務實嗎？比如，一個月要賺多少萬才夠妳花？」

「霍梓晨，我曾宇凡不是個只靠男人的錢才能過活的女人。」她說：「撇除金錢，我覺得擁有個健康的身體才是最重要的，因為這樣兩人相伴的時間才夠久，不是嗎？」

霍梓晨點點頭，抿著薄唇。

看著眼前的曾宇凡，她還是以前的那個曾宇凡，直率、有個性、甚至是豪邁。

「不過……你身為醫師，另外一半所需要的條件應該更多吧？」

「怎麼說？」他不解。

「因為醫師很忙，經常要輪班什麼的，回到家裡的時間不一定，所以你們第一個條件應該是會選擇賢妻良母，乖乖在家守著房子等你回來的那種女人，而且不准外遇，但又因為無法經常陪伴對方，唯一能做的就是給信用卡副卡，讓對方可以刷刷刷，以滿足自己另外一半不在身邊的寂寞感。」

她的話讓霍梓晨不自覺的嘆氣，「妳電視劇看太多了。」

「不然你說說啊！」她不死心的追問。

「第一個確實是賢妻良母，但這條件是每個男人都想要的吧？」

曾宇凡認同的點了頭。

「第二個……可以體諒經常跑醫院的老公，工作是不得已，況且是救人這件事情。」

曾宇凡再度點了頭，用有點同情的表情看著他。

「第三個……要經常對我笑，工作苦悶，但只要看到她對我笑的笑容，這些苦悶就通通消失了。」

聽了後曾宇凡眨了眨眼。

「就這樣。」他說。

「就這樣？」曾宇凡說：「霍梓晨，你給的條件會不會太少了？這樣幾乎每個女人都可以嫁給你欸！」

「妳錯了，這些事情看似簡單，可是不容易做到的。」

「是嗎？」她還是一臉不信。

午餐結束後大家各自忙碌，曾宇凡回到自己的秘書崗位去，今天羅少菲請假，加上部主任回國，她的工作更加的多。

秘書的位置還沒有坐熱，部主任就要她進他的辦公室，敲了門，曾宇凡有禮貌的點了頭，「部主任，請問有什麼事？」

「妳幫我找一下餐廳，我周末要跟院長他們用餐，共十人，價位一個人一千五到兩千，看有沒有日式料理或是泰式料理都可以，盡量離火車站近一點大家會比較方便，然後要包廂的，妳幫我找幾家然後再整理給我，下班前可以給我嗎？」

「好的，部主任。」曾宇凡心中默記了部主任剛剛所開的條件，回到自己的座位上後快速的將這些條件寫在白紙上以免忘記。

她先將剛剛做到一半的事情處理好，等到處理好要開始幫部主任查詢餐廳的時候，部主任走出了他的辦公室，「我現在要去開刀，剛剛那個餐廳啊！要順便看有沒有停車場哦！有些醫師會開車過去。」

「好。」語畢，曾宇凡又在剛剛的白紙書寫這個條件上去。

她花了三十分鐘的時間找到了三家符合部主任所開的條件，最後整理好後，附上各個餐廳的網址，將這封信寄給部主任。

條件啊……

選餐點需要條件、選餐廳也需要條件，更別說選另外一半了，人生中好像只要遇到了選擇這件事情，就會不得不跟『條件』兩個字牽扯在一起，差只差在有些人的條件很嚴謹，有些人的條件跟寬鬆。

曾宇凡想到霍梓晨所說的那些條件，第一是賢妻良母，第二是可以體諒他，第三是要經常對他笑。而她自己是希望對方有個健康的身體、可以經常陪伴她，隨了年紀增長，開得條件再也不是青春那樣子夢幻般的條件，有些人的條件變得更加的謹慎，有些人的條件卻顯得簡單，可越簡單，能做到的人卻又是很少……

曾宇凡邊思考的同時，不自覺的將霍梓晨剛剛所說的那三個條件順勢的寫在子上的空白處，最後在第二項上面畫了一個大叉叉，對她來說，若有了另外一半後她肯定會要對方將時間都花在他身上的，她完全無法體諒另外一半經常往公司跑。再度又想了想，她將這三個條件通通都畫了叉叉，最後拿掉碎紙機裡面將之攪碎。

別想了，搞得好像她還喜歡霍梓晨一樣。

霍梓晨確實是她的初戀，可經過了快十年，她早就將這初戀的感覺給忘記了，偶爾會懷念、會覺得遺憾，但這也只是年少輕狂殘留下來的副作用而已。

『我們是不是要來個同學會啊？』李懿瓴傳來了訊息，曾宇凡看了一眼，放下手邊的工作，回傳：

『好啊！妳當總召囉！』

『怎麼是我當總召？我號召力又沒有很大。』

『但妳工作比我閒啊！妳比較有時間處理同學會的事。』

『凡哥，話不是這樣說的，妳知道我餐廳輪班時間就是中午到晚上十點多，偏偏這段時間是你們上班族的空閒時間，我用早上的時間來號召誰會理我啊？』

全世界她只允許李懿瓴可以叫她凡哥，應該說自從高中的那一天，她徹底的討厭這個綽號，因為這個綽號的關係為她帶來了解釋不清的誤會，就只有李懿瓴這位同窗好友知道她默默的喜歡霍梓晨，從來沒有拿過性向這件事情來與她開玩笑，更從來沒有覺得她會喜歡女生。

『妳在群組起頭留言，自然就有人會附和了，快點！時間地點可以用投票的方式，現在社群很進步，可以直接投票。』曾宇凡這樣回。

『好啦！妳要參加哦！』

『好，我直接加一，大小姐說的是。』

這時候聽到辦公室外頭的腳步聲越來越接近，曾宇凡將手機丟到一旁，假裝自己在認真做事。現在也快到下班時間了，沒有午睡的她感到有點疲累，打了哈欠輕吐了一口氣，她開始弄一點明天的工作內容。

「妳還不下班嗎？」蕭旻言的聲音飄進來，人也同時閃進辦公室內。

曾宇凡笑了笑，「正要準備下班了，我上下班的時間是九點到六點，現在在等六點。」醫院的上班時間大致上分為兩部分，醫療人員固定是早上八點到下午五點，其他像是行政、研究人員可以另外選擇早上九點到下午六點的時段。

蕭旻言看似想要繼續與她聊天，「妳跟霍梓晨是高中同學，那有沒有高中的趣事可以分享給我聽聽啊？」

曾宇凡有點反應不過來，表情愣住。

「霍梓晨嘛……雖然我們同事一年多，但還是對他不熟。」他歪著頭，燦笑著，「不知道從妳這位高中同學的口中，能不能認識到他的另外一面呢！」

「蕭醫師，霍梓晨他——」

「都說了直接叫我旻言。」

曾宇凡頓住，「旻言醫師，霍梓晨他沒有變，從高中到現在都是那樣子板著一張臉，看起來不親近，但他人很好相處的，他以前可是我們班班長哦。」

「我也是班長啊！」他不知道要邀什麼功。

曾宇凡又說：「他是高一到高三的最後一學期，都是班長。」

「這麼猛？」

「很猛啊！」曾宇凡攤手，有些得意，可又不知道自己在得意什麼，當班長的又不是她。

「宇凡，妳還欠我一頓飯，記得嗎？」

「記得啊！你是我的恩人欸！若不是你幫我，我想那份會議紀錄應該很慘，搞不好我已經被部主任罵臭頭了也說不定。」她凝視著他，「明天中午可以嗎？你有時間嗎？」

蕭旻言微笑點頭，「可以是可以，但早上我要幫忙開刀，有可能會拖到一點多，妳肚子可以忍受這麼久嗎？」

曾宇凡說：「可以的。」

「好，那我們明天中午一起吃飯。」

「嗯。」

下班用完餐回到租屋處，看著手機發現高中群組裡面一片熱絡，原來李懿弨說要辦同學會不是只是說說而已，她真的開始在群組裡面號召起大家了。

班上同學熱烈的討論時間與地點，提了幾個方案，李懿弨根據這些方案建立起投票系統。

『凡哥，快去投票！還有，叫霍梓晨不要再神隱了，一直潛水是怎樣？都不怕大家忘了他嗎？叫他也來投票！』

『不可能有人忘記他的，他是班長欸！班上領頭的。』曾宇凡又打：『好啦！我明天看到他會叫他記得投票的。』

曾宇凡謹記在心，可隔天早上都沒有見到霍梓晨，住院醫師辦公室裡面還是很空，只剩下一個住院醫師而已，他人盯著筆電螢幕看，見到曾宇凡走進辦公室，朝她點了頭當作打招呼，就再也沒有理她了。

不是這裡的同事都很冷漠，而是這裡的工作環境所造就的冷漠，不論是身為主治醫師或是住院醫師，只要是身為醫師，多多少少都會有壓力在，這壓力來源不僅是病患、病患家屬、開刀或是醫師升等考與上頭部主任給的壓力。

曾宇凡緩慢地走到這位住院醫師的面前，這位年輕的住院醫師抬眸看著他，「怎麼了？」

「請問……」她眨眨眼睛，看著位置上面名牌上寫著：劉川銘，「劉醫師，請問你有看到霍梓晨醫師嗎？」

「霍醫師人現在應該在開刀房。」他回答。

曾宇凡點點頭，道了聲謝。心中想著原來今天霍梓晨與蕭旻言兩個人都在開刀房裡面啊……

她緩慢地走回到自己的辦公室裡面，甚至還可笑的想著霍梓晨不喜歡蕭旻言，那這兩位醫師在同一間開刀房裡面會不會意見不合啊？

搖搖頭，她甩掉這些天方夜譚的想法，在開刀房每一分每一秒的時間都很重要，兩個人怎麼可能因此意見不合，況且主刀還是主治醫師，唯獨主治醫師的話有如聖旨一樣不可不聽。

緩慢的飄回到自己的辦公室位置，看著時間已經中午十二點半了，與她約好要一起共餐的蕭旻言到現在都還沒出現，曾宇凡一個人在座位上發著呆，想繼續工作卻無心。

「宇凡，吃飽了？」羅少菲的聲音飄來，沒有等曾宇凡回答，她將一份文件給她，「有空幫我跑急診室嗎？這是急診室護理師要的。」

「很急嗎？」

「很急，不然的話我就直接用公文收發件了啊！麻煩妳囉！」羅少菲應該是要忙，匆匆地丟下這句話後然後快速離開。

看著手上這文件，上面有著曾宇凡她看不懂的病人資料，正要離開辦公室前往急診室時，她又開始懊惱了，如果在她離開的這段期間蕭旻言來找她怎麼辦？見到她不在，他會不會以為她放他鴿子不遵守約定？

唉，麻煩的是她沒有蕭旻言的聯絡方式，不知道怎麼留言給他。

想了想，她突然想到了一個方式，留言給霍梓晨請他轉告不就好了？兩人不是都在開刀房嗎？他應該會樂意幫這個忙吧？

雖然霍梓晨昨天才說過他不喜歡蕭旻言，可問他原因他又不說，但總不會因為不喜歡他就不幫她轉告吧？這人沒這麼小心眼吧？

不再想這麼多了，曾宇凡點開霍梓晨的社群，點開的時候也傻了眼，因為他們的聊天紀錄竟然是空白的。

輕咬著下唇，她覺得心中有著微微的酸意，有股說不出來的難過滋味從胸口蔓延出來，兩人在高中時期有時候講電話可是可以聊上一整個晚上的說，她跟李懿氶用社群的方式來聯絡開始於大學時代，可那時候的她跟霍梓晨彼此早就已經逐漸陌生了，更別說會用社群聊天了。

最後曾宇凡她什麼也沒有傳，拿好那份文件，離開辦公室，往急診室走去。

前幾天被霍梓晨帶過，走過的路線有的熟悉有的不熟悉，好加在醫院都有指示牌，沒有多久她就到了急診室。

找到了外傷區，給了那份文件後，她又遵循回去的路線走回辦公室。

這天蕭旻言讓曾宇凡等到了兩點才出現在她面前，他一臉歉意的看著她，「我想，還是我來請客好了，讓妳等這麼久我很不好意思。」

「別這麼說，是我答應說要請客了。」她婉拒。

沒有想到點好了餐點，蕭旻言搶先她一步的遞出鈔票給店員，「一起算。」他微笑地對著店員說。

「旻言醫師，你——」

「等下次有機會妳再請客。」他眨眨眼睛，曾宇凡只好接受。

端著餐點很快的就找尋到空位，也由於是下午一點多的時間，早就過了用餐的尖峰時間，因此醫院美食區有蠻多空位的。

蕭旻言是個健談的人，所談的內容帶點幽默與風趣的味道在，讓曾宇凡這頓餐下來不會覺得尷尬，更不會覺得沒有話聊。

她自己也很意外沒有想到能夠跟異性朋友相處的這麼好，在大學期間，她交過一個男朋友，可這任男朋友愛吃醋，有一點控制狂，不許她與其他異性朋友走太近，因此她在大學期間的異性朋友少之又少，而現在畢業多年了，那些原本感情就淡的異性朋友沒有再聯絡，若要說出幾個大學時期異性朋友的名字，她還真講不出任何名字來。

「宇凡妳有男朋友嗎？」蕭旻言問，曾宇凡搖搖頭，可心中卻納悶為什麼要問這個問題，難不成他跟霍梓晨一樣也是要介紹她對象的嗎？

她看起來，有這麼缺對象啊……？

「目前是沒有對象。」她老實說，說謊也不太好，如果不小心斬了好桃花怎麼辦？

「那霍梓晨不就可以追妳？」

「啊？」等等，這是什麼神展開？這什麼結論啊？為什麼蕭旻言可以下這樣子的結論出來？

「他也單身，不是嗎？」他笑著問。

「旻言醫師，我跟他是單身，可是……該怎麼說？反正我跟他不可能啦……」

「只要這件事情的機率不是全然是零，就是有可能會發生。」他的表情異常認真。

「別開玩笑了。」她說。

「妳不喜歡他？」

「我……我對他只是同學之間的喜歡而已。」她又補充：「他對我也是。」應該是吧？她想。

「是嗎？」蕭旻言說：「可是我那天看到他看我的眼神，好有殺氣哦！」想到這，他不自覺的摸上自己的脖子處，「我直覺他不喜歡我接觸妳。」

「這不是直覺，這是錯覺啦，哈哈。」曾宇凡乾笑著，趕緊轉移話題，「……你們之前應該沒有發生過什麼過節吧？」

蕭旻言沉思了一下，搖頭，「沒有啊！」

「那就對了啊！錯覺錯覺，絕對是錯覺。」

曾宇凡心裡想著，如果霍梓晨跟蕭旻言兩人之間真的有什麼過節的話，那她自己並不想當個夾心餅乾夾在他們之間啊。

第四章

高中時期的某節體育課，春日暖陽，太陽高掛在上頭，徐徐微風吹來。

霍梓晨人並沒有跟著其他男同學一起去打籃球，而是一個人靜靜的倚靠在一棵樹下睡覺。

而曾宇凡會發現他在睡覺，是因為籃球滾到這附近，她原先只是來撿球而已，卻意外的發現霍梓晨在這睡覺。

若讓體育老師知道班長上課偷睡覺，她想應該不太好，本來打算要上前叫醒他的，可是下一秒卻被他的睡顏抓住了目光。

俊俏的臉孔此刻是沉睡著的，猶如時間被施了魔法一樣，他的動作是靜止不動的。他安詳的闔上眼睛睡覺，長長的睫毛垂下，幾朵碎掉的光影透過樹葉打在他的身上，他的胸口因為呼吸而均勻的起伏。

曾宇凡不自覺的湊近觀察，聽到了他微弱的呼吸聲，他睡得真的很沉。

慘了，到底要不要喚醒他？不想打斷他休息，可又不想被體育老師看到，曾宇凡陷入了兩難。

她抿著唇，被這睡顏給抓住目光，眼珠子直盯著捨不得離開，這時候的她早就喜歡上他，只是沒有讓其他人知道，唯獨李懿鈺。

看著霍梓晨靜靜地入睡，曾宇凡想抓住這個難得的時光，因此那場籃球賽她臨時脫隊，謊稱生理期好像來報到，假裝繞去廁所最後又回到霍梓晨的身邊，樹下的他依然還是在睡覺。

望著他的睡臉，曾宇凡偷笑著，拿出當時還是屬於智障型的手機，悄悄地將他的睡臉給拍了下來，畫質雖然不好，可卻是難得的回憶，難得捕捉到的他。

那張照片最後被她存在電腦裡面，畢業後再也沒有拿出來看過，只因為這剎那的片刻時光，早就在她心中淡出了記憶。

另外還有那個輕吻，也在她腦海中逐漸淡忘。

『吼！霍梓晨他怎麼沒有投票啦？凡哥，妳有沒有提醒他？』

曾宇凡根本徹底忘記了啊！面對李懿瓴頻頻的追問與逼迫，她只能老實的說她忘記了，早上的時候明明還記得，下班前也有看到他的人影，可是早已忘記要提醒他的這件事，也就沒有上前跟他說話了。

再度打開與霍梓晨的社群，望著那空空一片毫無任何聊天紀錄的畫面，她凝視了許久，最後丟了一個貼圖，下一句話寫著：『你下班了嗎？』

等了許久，對方都沒有已讀，她關掉手機螢幕，不自覺的嘆口氣，猜想對方應該還在忙。

隔天依舊忙碌，部主任給了她好多事情要她處理，會的自行解決，不會的就找羅少菲，但才來一個星期左右而已，大多的工作項目她都不熟悉，而且為了避免出錯，幾乎每一件事情都找羅少菲詢問。

還好羅少菲對新人很有耐心，一一的指導她，一一的講解，最後還給了她一張住院醫師與主治醫師辦公室的位置圖，上面寫著每一個醫師的位置，這樣一來就不用每次都找著座位上的名牌，這張紙一覽無遺實在方便許多。

她的目光停留在霍梓晨的名字上，突然想到什麼事情似的拿出手機，打開社群，霍梓晨他還是沒有已讀，是還在忙嗎？忙到沒有時間看手機還是根本就沒有加她好友？

中餐結束後，她拿著公文發送處的資料走進住院醫師辦公室裡面，看到霍梓晨人正靠在椅子上休憩，雙手輕輕的盤在胸前，這畫面讓她想起高中時期的午睡，他也都是將背靠在椅背上闔眼入睡，很少看到他趴睡的方式。

她曾經問過他，為什麼不趴睡，趴睡的動作可以讓身子整個放鬆而不緊繃，當下霍梓晨就只是說因為不是在家的關係，怕自己睡太沉起不來不小心睡過頭，所以他都選擇這種靠背的方式使自己入睡。

沒有想到這個特殊習慣霍梓晨現在還有，悄悄地走近他，曾宇凡看著他的睡顏，本來想提醒他看一下手機在班上群組投個票的，可見到他入睡，突然間不知道自己該不該叫醒他。

這樣似曾相似的畫面也讓她不禁神遊了，好像在很久很久以前某個時光裡頭，周圍沒有其他人的出現，就只有他跟她兩個人，他安靜地入睡，而她默默地陪伴著他，彷彿這個世界中就只有曾宇凡與霍梓晨兩個人而已。

她抿著唇，思索著這畫面是她曾經有過的幻想，還是真實存在的？

高中時期她也像其他少女一樣有著幻想，即便她的外在行為表現得比較偏向男生，可內心還是很少女的，她會跟李懿瓴談論著喜歡的對象，更會幻想一些粉紅色泡泡出來，更加的害羞且令她臉紅心跳的是，她也會幻想著自己的初吻情境，不用說對象當然是霍梓晨。

想到這，她的目光不自覺的看向霍梓晨的薄唇，與唇邊的臉頰，好像想到什麼事情似的，她的目光在他的唇部與臉頰兩邊來回的掃著，微微的感到吃驚，因為她終於能夠確定曾經有的畫面是真實的，就在高中時期的某節體育課。

而且……那時候她好像還偷吻了他，趁著他入睡，她偷吻了他的臉頰。

一想到這，她敲了敲頭，為過去的自己感到可笑，一股燥熱襲捲到她的臉部，她的雙頰紅熱，轉過身趕緊離開這裡。

她身後的霍梓晨稍微動了一下，眼睛緩緩的睜開，下一個瞬間看到曾宇凡的背影，他蹙著眉，半夢半醒間不知道眼前的她是真實還是虛幻，原先盤在胸前的雙手放下，當聽到辦公室的關門聲，他才意識到這畫面是真實的。

只是那背影看起來怎麼有點落荒而逃的意味？

「曾宇凡。」霍梓晨走進辦公室，曾宇凡在下個瞬間睜大眼睛瞪著他看，「啊？」

「妳剛找我？」他問。

「對，但我看你在休息，就沒有叫你了……」

他低頭沉思了一下，說：「無時無刻，妳都可以叫我沒關係，什麼事？」

曾宇凡對他微微一笑，「小事情而已，你好不容易有時間可以休息我沒有必要打擾你休息，就是高中的同學會，李懿㼆最近在高中群組裡面號召起同學會，列出了時間與餐廳，你有時間就去投票吧，班、長？」

霍梓晨拿出手機，修長的手指在上面滑了滑，抬眸問：「妳會去嗎？」

「我會去，若沒去可能會被李懿㼆唸死吧？」閨密就是這樣，可以相愛，也可以相恨相殺。

「我很少看手機，不知道有同學會這件事情。」

「你要跟上時代啊！時代不停的在演變在進步，現在部主任傳文獻給研究助理或是傳資訊給我都是用社群欸……」

「……妳昨天敲我？」打開了社群，他這才發現她昨天有敲他。

「嗯，就是要問你同學會的事情，班長，不要再潛水了！潛太久會溺死。」曾宇凡邊與他談話，邊處理的桌上的事務，拿起釘書機在一疊一疊的資料釘起。

霍梓晨沒有待多久就離開，他離開沒有多久，蕭旻言拿著兩支色彩繽紛的棒棒糖走進辦公室裡面。

「宇凡，這個給妳。」他微笑的說：「門診護理師給的。」說著的同時眨了眨眼睛。

「謝謝你。」可是他沒有交到她的手上，反倒是插進她的筆筒裡面。

曾宇凡見狀笑了一聲，沒有制止他的行為。
「另外一個給羅少菲，剛剛經過她辦公室發現她不在。」
「好，我再幫你拿給她。」曾宇凡笑著答應他。
接著蕭旻言拿著第三支棒棒糖走進住院醫師辦公室裡面，看到霍梓晨人在裡頭，他刻意繞過去與他攀談幾句，雖然霍梓晨對他冷言冷語，而他早就習慣他的相處模式，也許就如曾宇凡所說的，霍梓晨的本意並不壞，可與人相處起來就是這麼的有距離感。
至於怎麼在這距離感上面加一點突爆點呢？蕭旻言看著手上的棒棒糖，不自覺的竊笑了幾聲。
他真的只是無聊而已。
他有個直覺，霍梓晨似乎對曾宇凡有那麼點意思，否則怎麼近日見到他都有著好像在看敵人的眼神？就連昨天他跟曾宇凡兩人在餐廳用餐的時候，不遠處的霍梓晨見到他們兩個在一起的畫面時，表情也是有點不悅。
而蕭旻言對於這樣的霍梓晨一點轉變，覺得有點趣味。
平常如此冷靜的冷漠醫師，態度會因為一位小秘書而轉變，也是外科部裡面的八卦了。
『果然是凡哥，凡哥一出口，這位潛水專家就浮出水面來了。』李懿瓴對她說。
高中群組裡面一堆同學因為霍梓晨的出聲變得更加的熱鬧。

『班長，這是好久不見的班長欸！』
『我還以為這是假帳號，從來沒有發言的，原來是真人啊！』
『班長現在是醫師囉！我們要好好的巴結他他才會出來留言，哈哈哈。』
『醫師欸！好強啊！果然是我們班班長！』
一堆人雜七雜八的在說著霍梓晨的事情，最後曾宇凡看到霍梓晨丟了一個點點點的貼圖，可是這貼圖又惹來一堆同學們的討論。
『班長竟然會用這個貼圖欸！我覺得好符合他給人的形象喔！』
『哈哈哈哈，笑死，這貼圖根本為他量身打造的。』
『哈，我好像可以想像的到他此刻的表情。』
曾宇凡看到這些訊息，不自覺的笑出聲，這該怎麼說呢？人紅是非多嗎？哈哈哈……
好笑的是竟然還有女同學很直接地說：『班長現在單身嗎？我從以前的願望就是嫁給醫師，當個醫師娘。』
『這是直接求婚嗎？女對男欸！』
『班長好夯啊！』
『在一起、在一起。』
『你們根本絕配啊！』

唉，都這個歲數了，這些同學們是長不大嗎？跟高中時期一樣，班上只要有什麼八卦出現，都會瘋狂的流傳至每個人的耳裡。

可不得不說的是，高中同學們的感情還是都很好，大家依舊可以嬉鬧的，見這樣，曾宇凡開始有點期待同學會了。

在大學的時候曾經舉辦過一次的同學會，來的人不多，只有十個人而已，霍梓晨那時候也沒有出現。而這一次呢？見群組這樣子的熱絡程度，應該可以有二十人了吧？

下班後的曾宇凡除了直接回到家外，就是會在醫院底下美食街附近的書店裡面逛，她喜歡翻書，喜歡書的味道，喜歡書店的氣氛，這氣氛令人放鬆，悠悠的水晶音樂可以陶冶心境，讓一整天緊繃的心情逐漸放鬆到一個舒適的地步。

而除了到書店翻書，她也會到租屋處的公園裡面跑步，公園約莫八九點的時候人還很多，大多都是已下班的上班族、下課的學生們或是一些年老的長輩在做運動，她都會利用人多的這個時間點來跑步，每次約莫跑二十分鐘後就會回到租屋處沖個熱水澡。

有時候看到身穿著高中生的情侶在公園裡面聊天，她心裡都會有一絲的懷念，懷念起當學生時代的煩惱，那時候的煩惱是課業、單戀與升學，而現在的煩惱是事業、結婚與加薪。

說到結婚，剛剛下班前她接到了母親來的電話。

母親大人來電內容不外乎會提到以下兩點：什麼時候回家來吃頓飯？什麼時候交個男朋友讓我看看？

曾宇凡哭笑不得，前者可以自己決定，剛好不久後因為要同學會的關係她可以回家一趟，但後者只能看緣分，看看老天爺或是月老能不能賜給她一個好桃花，可是對於婚事她也沒有在急。

遇到一個對的人很難，但每個女人又都期望自己能夠遇到。

對於群組裡面的求婚記，霍梓晨又發了一個點點點的貼圖，因為曾宇凡的話，讓他看群組的時間多了一些，天資聰明的他還記得每個高中同學的臉，也記得每個高中同學的名字。

裡面的投票系統已決定出最終的同學會地點跟時間，在這個月月底的週末。

這天早上在經過秘書室辦公室的時候，霍梓晨往裡頭探了進去，曾宇凡正坐在位置上眼神空洞的看著電腦內容，她沒有發現他人的出現，對於電腦螢幕上的畫面感到疲乏與無趣，機械式的滑著滑鼠上面的滾輪，然後在紙上做了記號。

霍梓晨正打算叫住她，卻看到筆筒上面的棒棒糖，他不禁瞇起眼睛，想到前幾天蕭旻言手上的棒棒糖。

……這該不會是他送的吧？

想到這個，他的臉沉了下來。

「曾宇凡。」他叫了她的名字。

「啊？你什麼時候站在這裡的？」曾宇凡回過神，看著不知道什麼時候就站在這裡的霍梓晨，表情雖然有點慌張，可是又很快的就鎮定。

「剛剛。」他回答，言簡意賅。

「喔……你找我有什麼事？」

「這誰給的？」他舉起筆筒裡面的棒棒糖。

曾宇凡看著這棒棒糖，想到這是前幾天蕭旻言給了她之後就一直放在筆筒裡面再也沒有拿出來，她整個忘記要吃它。

「旻言醫師拿來的，說是護理師給我的。」她說，霍梓晨的臉卻更沉了。

旻言醫師？才短短幾週而已稱呼就這麼親暱？

「霍梓晨，你找我是有什麼事啊？」她眨眨眼睛。

「妳同學會不是確定會去嗎？我會開車下去，那週回去要不要順便搭我的車？」他用沉穩聲音的問。

曾宇凡聽到眼睛閃閃發光，「好啊！還好我還沒有訂火車票，謝啦！霍梓晨。」

台北至台中的距離搭火車需要兩個小時，高鐵僅僅只要一個小時，大學畢業後的她就一直在台北工作，維持一個月回去一次的頻率，每一次的交通不是火車就是高鐵，看她心情。

「開車大概兩個小時，妳不要覺得悶就好。」

霍梓晨的這意思不知道是指兩個小時的車程很久很無趣，還是指跟他單獨相處在同一輛車上面很悶？

曾宇凡輕笑了一下，「不會有這問題的。」

開玩笑，高中時期他們都打打鬧鬧的相處了快三年，她從來不會覺得霍梓晨是個難相處的人，反而覺得他是個有點悶騷的人。

「你有看到夢娜跟你求婚嗎？」她想起群組裡的聊天內容。

「無聊。」他丟了兩個字。

「吳夢娜漂亮啊！你這位單身男子可以考慮。」

「對她沒興趣。」

「怎麼對她沒興趣？你的條件不就是賢妻良母、要體諒你、要經常對你微笑？這些條件很簡單，如果她真的喜歡你，那她一定可以做到。」

霍梓晨瞇起眼睛，無語了幾秒鐘，最後說：「曾宇凡，一點都不好笑妳知道嗎？」

「別用這麼認真的表情看我，你很禁不起玩笑。」曾宇凡攤手，低頭繼續做著剛剛的事情，滑鼠滾輪滾了幾下，見霍梓晨沒有要離去的打算，她歪頭，抬眼納悶看著他。

「曾宇凡，我說過不要離蕭旻言太近，希望妳把我的話聽進去。」

曾宇凡看著他，愣了愣，過了幾秒鐘才說：「給我個理由，雖然跟旻言醫師還稱不上是熟識，但他算是個好人，有幫助過我，我不可能會莫名其妙去遠離一個好人。」

霍梓晨聽了沉默。

「霍梓晨，你跟旻言醫師之前發生過什麼事情嗎？」

「我跟他沒有發生過什麼。」

「那你幹麼討厭他？」

「我沒有討厭他，就只是不喜歡他。」

曾宇凡嘆口氣，「算了，我不追問了，繼續問下去就會像上次那樣陷入循環裡面，永遠聽不到我想知道的答案。」

「我只是希望妳不要受傷。」然而，霍梓晨卻給了她一個奇怪的回答。

什麼叫做希望她不要受傷？

受傷？

曾宇凡想繼續追問，無奈霍梓晨丟下這句話後就轉身離開，看著那漸去漸遠的白袍背影，曾宇凡啞口。

到底……什麼跟什麼啊？

既然問當事人無法得到答案，曾宇凡只好去問問羅少菲，說不定她會知道霍梓晨與蕭旻言這兩位住院醫師曾經發生過什麼事情。

只是羅少菲卻用一種奇怪的表情看她，「有嗎？我不知道欸！他們有不合嗎？可是平常看不出來啊！」

曾宇凡摳摳臉，「他叫我離旻言醫師遠一點，但我不懂為什麼。」

「該不會……這男人是在吃飛醋吧？妳不是說他是妳的高中同學？搞不好他對妳有意思。」

「怎麼可能啊……」曾宇凡搖頭，死都不相信霍梓晨會對他有意思。

要是真的會對她有意思，高中那三年時光經常相處在一起的他們，或許早就看對眼而在一起了，而不是讓這場暗戀以沒有結果來收尾結束，留下濃厚的遺憾與感嘆，高中時期都這樣子的結局了，怎麼可能現在的他們會因為相處了一個多月的時間就會看對眼？

「那妳？妳現在覺得霍醫師怎樣？妳喜歡霍醫師嗎？」

「我……還真沒有想過這問題。」曾宇凡手托在下巴，認真的回答羅少菲的話：「我高中的時候確實喜歡過他，也幻想過無數次與他交往後的生活，不管是擁抱還是親吻，當時高中生的我都曾經幻想過，還沒有談過戀愛的少女對戀愛都會嚮往的，可真正談過戀愛後，除了會甜蜜、會開心，但也會爭吵、會冷戰。談戀愛是一件很累的事情，沒有幻想中那樣的美好。」

「一定都會有磨合期的啊！如果沒有磨合期，那這一對情侶很可怕。」

曾宇凡點頭，「我現在對霍梓晨沒有別的想法，當好友、同事就好了，青春歲月的那段暗戀已經隨著年紀增長而遠去了，他現在是醫師，而我只是個小秘書而已，配不上的。」

羅少菲搖頭，反倒問：「配不配得上不是看職稱，這聽起來很膚淺，妳知道宋夫人跟宋主任是怎麼認識的嗎？」

「不知道欸……我才來這工作沒有多久，我怎麼可能會知道部主任跟他夫人怎麼認識的，妳知道？」

「他們倆自小認識，家住在附近，兩人是國小同學，但畢業後就沒有再聯絡，是大學的時候某天宋主任在家與朋友點個飲料外送，結果外送的那位工讀生竟然是宋夫人，兩人自從重新見面後就開始在連絡，最後越走越近就交往了。那時候的宋主任是醫學系學生，宋夫人某個技術學院的學生，之後宋夫人的工作是銀行專員，而宋主任是醫師，兩人的身分雖然懸殊，甚至有些人不看好，可他們甜甜蜜蜜的，結婚後宋夫人還為他生了兩個小孩，而宋主任非常的愛家，只要一下班就趕緊回家去陪妻兒。」

如此平凡的相愛故事，卻讓不少人嚮往。

曾宇凡聽了點頭，第一次聽到部主任的故事，她感到吃驚，也想起偶爾的時候部主任會講著手機，碎唸著自己的孩子，也會對夫人報備自己的行程或是一些的小爭吵。

老夫老妻的平淡生活，看似沒有任何的火花存在，可是能感受到他們之間的感情是無堅不摧的。

「所以配不配的上這件事情，很難說囉……只要你們兩個情意相通，這就只是小事。」

曾宇凡哭笑不得，「少菲，都說了我對霍梓晨沒有別的意思。」

「唉呦……我只是舉個例子，沒有說妳對霍梓晨怎麼想，我是要妳對自己要有自信，不要覺得秘書是卑賤的行業，告訴妳，許多高官身邊都需要有秘書在，沒有祕書他們形同廢人，秘書可是很重要的角色好嗎？」說到這，羅少菲彈了一下手指。

「哈哈哈。」

「況且……妳挑對象應該不會挑對方的行業，不是嗎？」

「我是不挑，沒有要求收入要多少，至少穩定就好。」曾宇凡說。

要陪伴、要收入穩定，這些愛情的條件很簡單，但往往就是因為簡單，對有的人來說卻很難達到。

曾宇凡邊想著邊回到自己的座位上，在走廊的轉角處看到霍梓晨正在跟護理長聊天，她淡淡的瞥了他一眼，不自覺地搖搖頭。

不行啊……終究還是不行，他太完美了，她真的無法。

高中時期對於霍梓晨的幻想是臉紅心跳的甜蜜，可現在的她對於霍梓晨，不要說什麼浪漫的幻想了，光是想到他們兩個在一起就覺得有說不出來的怪。

真的……太怪了！

所以……不要想了！

第五章

大學時期辦過一場同學會，那時候曾宇凡帶了正值熱戀的男朋友一同前往，讓在場有些人驚訝。

「我以為妳喜歡女生。」有位同學這樣告訴她。

當時曾宇凡咬牙，心中很想對眼前這位同學出拳毆打，可同學一場，她對他笑了笑，「拜託，不要因為我高中的時候剪短髮就覺得我喜歡女生。」

「有人在傳啊！而且還不少人欸……」他又說：「況且妳本人有否認過嗎？」

「我當然有解釋過。」她的臉沉了下來，見到她變臉，那位男同學不敢再多說什麼。

有，她當然有，可偏偏還是有人這樣認為，久之，還真的懶得解釋。

「如果她喜歡女生，那我……我站在這裡幹麼？」曾宇凡當時的男友笑了笑，用手比著自己自嘲著，他的笑聲與幽默化解了當時的尷尬。

那時候曾宇凡原本以為會見到霍梓晨的，可是他沒有出現，當時在場的同學也沒有任何人知道霍梓晨沒有出席的原因，只知道霍梓晨的手機打不通，而社群傳出去的訊息都沒有得到回覆。

而這原因，終於在多年後她知道了，霍梓晨當時根本就不知道有同學會。

開著車在高速公路上面行駛，曾宇凡靠在副駕駛座的椅背上，伸了懶腰動了動有點痠痛的坐姿，「想不到當年的班長竟然選擇邊緣大家。」她說。

「是大家邊緣我。」他的目光直視著前方，專心的開著車。

「你換手機沒有知會大家啊！所以是你邊緣大家。」

霍梓晨無語的看了她一眼。

「而且在社群裡面你也根本就不說話，一直當個潛水員，怎麼？自以為肺活量很大？可以潛水很久啊？」

「當醫師完全沒時間看訊息，況且高中那群人在裡面也都是閒聊或是講垃圾話，一堆沒意義的內容我根本就不會想點開來看。」

「霍梓晨，你講這話也太過分了吧？」曾宇凡蹙眉，「你是當醫師當到人情味都消逝了嗎？」

「我重點在於我沒時間看訊息。」

「你少來，只有不會規劃時間的人才會說自己沒時間，你堂堂一個醫學系畢業的學生，我就不相信你不會規劃時間，我看你是不想花時間與我們這群高中同學交流感情。」

霍梓晨沒有說話，他不知道怎麼反駁曾宇凡的話。

「欸，如果不是因為我，你還會參加這場同學會嗎？」曾宇凡盯著他的側臉，外頭的陽光斜照進車內在他的側臉印出一陣柔光，使他的臉看起來有那麼一些些的閃爍，他的臉本來就長得很好看了，加上這柔光，雖然揉碎了輪廓但讓他看起來更加的好看與帥氣。

「……我會參加，前提是如果我知道有這場同學會的話。」他的聲音變得沉：「畢竟很久沒有見到大家，有點懷念。」說到這他不自覺的泛起微笑。

曾宇凡聽了用力地拍打他的肩膀，覺得滿意，拍打的聲音聽起來很結實，果真是有在跑健身房的人。

然後有時間跑健身房沒時間看社群上面的訊息是怎麼一回事？

……她也懶得吐槽了。

台北到台中的車程距離約莫兩個多小時，可曾宇凡從頭到尾都與霍梓晨聊著天，他們細說著高中時期班上同學的一些趣事，有時候甚至會哈哈笑，整個車程曾宇凡完全不會覺得無聊，也不會覺得想睡，總覺得高中時期的霍梓晨與曾宇凡回來了。

霍梓晨將曾宇凡載回她的老家，看著她老家的外觀，他想起有一次他送她回來的情形。

那一次的曾宇凡因為身子不舒服，臉色蒼白，幾乎快要暈倒，霍梓晨見狀一臉擔心，自告奮勇的說可以送她回家，不然兩個人的家是反方向的，他們從來沒有一起回家過。

那時候身子不舒服的原因是因為經痛的關係，曾宇凡很少經痛，可是若那個月太疲累的過著，當月的生理痛就會非常的劇烈，那痛就好像有人拿著棍棒毆打她子宮處一樣的痛。

記得那時候是準備期末考的那個月，曾宇凡為了念書每天幾乎只睡五個小時，因此那時候的經痛讓她連路都無法好好的走動。

霍梓晨的住家在高中附近，他都是騎腳踏車上下學的，讓曾宇凡坐在他的腳踏車後座後，他小心翼翼地騎著腳踏車，在騎的同時時不時的觀察在身後的曾宇凡。

只見她一臉慘白，一手抓著他的制服，一手用熱水袋壓著肚子，身子微微的向前傾縮著，看起來真的有點狼狽。

一路上的他們都沒有談話，霍梓晨熟悉她家的地址，最後終於安全的將曾宇凡送到她家。

「在想什麼？」此刻的曾宇凡將霍梓晨從回憶中的思緒拉回。

霍梓晨搖搖頭，將安全帶解下，離開駕駛座後走到後車廂將曾宇凡的行李箱拿出。

「我明天中午來接妳，再一起過去，要嗎？」他問。

「好啊！真謝謝你囉！」曾宇凡笑著說，蹲下將行李箱桿拉起，拖著行李箱往老家走去，她從側包包中拿出家裡鑰匙，突然又想到什麼事情似的轉過身，「霍梓晨，謝謝你送我回家。」

霍梓晨舉手示意這是小事，可剛剛曾宇凡的那句話，與那曾有的高中回憶相疊，穿著制服的曾宇凡摀著肚子，用虛弱的聲音對他說：「霍梓晨，謝謝你送我回家。」

「曾宇凡。」他喚住她，曾宇凡的腦袋瓜又轉過頭，對上眼的瞬間他對她說：「明天見。」說完輕笑了一下，轉身往車子的駕駛座走去。

關上家中鐵門的時候，正好聽到引擎聲發動，車子就這樣開走了。

「宇凡。」母親的聲音響起。

「媽，我回來了，明天中午高中同學會，所以明天不用準備我的午餐。」

「剛剛誰送妳回家啊？」當母親的總是不忘記八卦，尤其自己的女兒又將近三十歲的歲數，偏偏身邊都沒有男朋友出現，她不免擔心著。

「霍梓晨啊！高中時期的哥兒們。」這樣子說母親才會知道霍梓晨是誰。

「霍梓晨這名字很熟悉欸。」

「當然熟悉，是我們高中班長啦！還記得嗎？就是那位成績優異常常考第一名的男生。」曾宇凡邊說邊將行李箱扛進自己的房間裡面，「我之前打電話回來不是有說嗎？我跟我高中同學在同一間醫院上班，剛好還是同一個單位，他是外科部的住院醫師，我是外科部的秘書，兩個人是同事關係。」

「醫生欸……」母親的眼睛睜大，而且竟然有閃閃發光的波動。

「媽，我知道妳在想什麼，但是我跟霍梓晨不可能。」曾宇凡連忙制止著母親無謂的幻想。

「怎麼這麼快就否認？肯定有鬼……」

「沒有鬼，只有人而已。」曾宇凡說完燦笑，甩了頭髮走進房間。

現在是怎樣？一堆人將她與霍梓晨兩個人湊成一對？是巴不得她跟他真的交往嗎？

晚上，曾宇凡特地將高中畢冊拿出來，翻到自己高中班級看著上頭的照片不免會心一笑，其中有一張照片是她勾著霍梓晨的脖子，看似親暱的行為，可是身體完全沒有碰觸到。

她燦爛的對著鏡頭笑著，而霍梓晨的目光卻望著她，雙手盤在胸前微微蹙著眉。

這張照片中兩個人身穿著體育服，體育服是休閒的白色上衣以及深藍色的褲子，照片地點是在操場上，拍照片的人是當時班上製作畢業紀念冊的同學，當時，因為要趕著製作畢業紀念冊，但缺乏照片，所以有位同學自告奮勇帶了相機來學校，無時無刻都在拍照記錄起大家的生活。

當那位同學告知她跟霍梓晨要拍照的時候，曾宇凡豪邁的答應，直接勾起霍梓晨的脖子，對鏡頭笑著。

看著高中時期那短到不行的男生頭，曾宇凡想著當時怎麼會有這種勇氣剪這麼短，甚至比班上有些男童學的頭髮還要來得短，如果現在要她再剪一次，她可沒有這種勇氣了。

而且不僅是男生頭的髮型，當時她都穿著運動內衣，每張照片裡的她胸前平平，完全沒有發育。

唉，這真是黑歷史，是一段完全無法面對的過去。

隔天大約早上十一點的時候霍梓晨就來了，曾宇凡的母親好奇的想上前觀看霍梓晨到底是何許人也，趁著曾宇凡還在穿鞋的時候打開家門，一溜菸的跑出去。

「同學。」她看到霍梓晨的長相時，滿意的不得了，「聽說你是高中班長吼？跟我們家宇凡感情很不錯。」

「阿姨好。」霍梓晨朝她點頭，淡笑著。

「你們現在是同事關係，拜託你要好好照顧我們家宇凡哦！她一個女孩子孤身的待在台北，我都有點擔心她了。」

「阿姨，妳不用擔心。」

曾宇凡暗自翻了白眼，「媽，擔心什麼啦！我學過跆拳道的吼！」她穿了一件以墨綠色為主搭上細小白色碎花的連身裙，底下穿著一雙白色的高跟涼鞋，頭髮微卷散佈在肩膀上，臉上化了一點淡妝，呈現一種慵懶卻又不失美麗的打扮。

霍梓晨盯著這樣的她，想著在醫院工作的時候她都穿著襯衫跟長褲，臉上也是淡妝，倒是第一次見到她這樣的打扮。

「唉喲！我是怕妳在台北若發生什麼事情的話可以找他幫忙啊！」

「我都在台北多少年了？台北當然也有一些朋友啊。」

「他是同事！你們比較近比較方便嘛！」母親不死心地繼續說，曾宇凡無奈地將她推回家裡，當家門關上後，她一臉尷尬的看著霍梓晨。

「不好意思，我媽……比較熱情。」她說。

「沒事，我沒有覺得怎麼樣。」霍梓晨說，目光依舊直盯著她的打扮。

萬萬也沒有想到曾宇凡真的變了許多，高中時期像個男孩子一樣的在他身邊亂跑，現在倒是個充滿女人味的女人。

「你在看什麼？我穿這樣很奇怪嗎？」曾宇凡盯著自己的衣服，不解。
「只是第一次看妳穿裙子。」
「我高中的時候穿著是制服裙吧？」
「我是說……除了制服以外，我從來沒有看過妳穿裙子。」
「嘿嘿，難得參加同學會，本來就要打扮一下，不然高中有些人又以為我喜歡的是女生，真是活欠揍。」說著，她右手握拳。
然後，像是想到什麼事情似的，她瞪了霍梓晨一眼。
「瞪我幹麼？」他一臉莫名其妙的表情。
「我沒有瞪你，只是天生眼睛大而已，你誤會了。」曾宇凡擺擺手，走到副駕駛座的位置很自動的打開車門進去。
霍梓晨在駕駛座上坐好後，正色地說：「雖然有開過幾次的玩笑，但我真的從來沒有認為妳喜歡的是女生。」
曾宇凡攤手，「不重要啦！反正高中時期的男生頭我已經遠離了，現在這樣子若還是有人認為我喜歡女生，那……」她低頭，撫平了大腿上的裙擺，「那對方可能要去掛眼科了，身為外科部的住院醫師霍梓晨醫師，你可以推薦對方幾位不錯的眼科醫師請他去掛號。」
霍梓晨知道她是在開玩笑，可還真的是笑不出來。

抿了唇，他沒有回話，靜靜地發動起車子。

抵達餐廳的時候，已經有幾位昔日的高中同學在，身為總召的李懿瓴見到他們出現朝他們用力揮著手。

「唉喲！凡哥，不錯喔！今天穿這麼正。」李懿瓴好玩的拉了拉曾宇凡的連身裙，「妳跟霍梓晨一起進來看起來像是一對。」

曾宇凡毫無遮掩的送給她一記白眼，「我跟他是一起來的沒有錯，可是我跟他不是一對。」

「哈哈，兩個都單身，可以考慮看看。」

「李懿瓴……」曾宇凡搗著頭，覺得無奈至極。

「妳倒是奇怪，高中的時候有幾次我開妳玩笑說妳與霍梓晨是一對，為此妳高興死了，怎麼現在反而無奈死了？」李懿瓴邊說著邊把她拉到自己身邊的座位坐下，而霍梓晨，因為身為班長加上是男生，早就在剛剛一進來的時候被抓去男生堆裡了。

曾宇凡看到霍梓晨與其他高中同學們寒暄的畫面，扯了扯嘴角，「李懿瓴，妳知道我高中的時候喜歡他，被妳這樣一說我當然開心死啊！但我現在對他又沒感覺，聽了才會無奈的，好嗎？」

高中時期，也不知道是高中幾年級，有一次不曉得因為什麼事情在談判，好像是在討論起某一科的某個題目，曾宇凡走在霍梓晨的身後，慍然的伸出手拉著他的制服袖子硬是要跟他講理，最後兩人弄得不歡而散。

那時候曾宇凡氣沖沖地回到自己的座位上坐好，屁股還沒有坐熱，李懿瓴就飄到她身邊，「妳跟班長……在吵架啊？」

「是他莫名其妙！」當時的曾宇凡憤怒的捶了一下桌子，碰的一聲，周圍的同學紛紛把目光放在她身上。

「別氣啦……」李懿瓴拍拍她的肩膀，「看起來很像情侶吵架。」

「誰……誰跟他是情侶了？」本來還在氣頭上的曾宇凡因為李懿瓴無心的一句話，立刻氣消，感到害羞。

她撇過頭，裝作自己在做別的事情，可內心卻因為李懿瓴剛剛的那句話而感到澎湃，心跳加速，無法克制。

咬著下唇，她故裝作鎮定，沒人看得出她心裡在想什麼，只以為她剛剛跟霍梓晨吵了架，現在在生悶氣。

可她與霍梓晨之間雖然會吵架，但也會很快的和好，兩人之間的情誼越來越深厚。

曾宇凡回過神，將高中的這些記憶掃出腦袋。

餐廳裡陸陸續續的有昔日的高中同學進來，那時候的投票與報名，總計會有二十幾人的同學會到場，李懿瓴甚至還邀請到當時的班導，班導是名中年大叔，至今已經快五十歲了卻還是未婚。

「唉喲！是班長，是霍醫師欸！」吳夢娜一出現，全班的焦點都放在她的身上，她今天穿得很辣，極短的短裙與深V設計的白色上衣，露出好身材的她讓不少人的眼睛為之一亮。

她站在霍梓晨的身後，雙手放置在霍梓晨的雙肩上面，微微傾身，「你好厲害哦！當醫師欸！」

「謝謝。」霍梓晨倒是很冷靜。

望著吳夢娜身上的穿著，曾宇凡不自覺地看著自己身上的衣服，表情有點無語，男人嘛……就是這樣子，女人只要稍微露一下身材，男人的目光一下子就貼上去了。

「她穿這樣真的是來勾引霍梓晨的啊？」有位同學這麼說。

曾宇凡聽了有點不悅，不自覺地替她說話，「沒吧？吳夢娜本身就喜歡穿這些衣服了，妳看她的臉書就知道了，有時候是露肩、有時候是露胸，褲子短到可以看到內褲，她也只是對自己的身材很有自信所以才這樣子穿，經過這麼多時間沒有見面的同學，講『勾引』兩個字好像不太好。」

那位同學語塞，曾宇凡說完這段話後，拿起杯子喝了一口水，覺得自己好像有點衝動。

即便心中真的覺得吳夢娜穿得露是在勾引他人，但也不需要說出口吧？

「唉呦唉呦，沒事沒事，氣氛不要這麼沉重。」李懿瓴試著打圓場。

「沒有事的。」曾宇凡笑著說，拿起桌上的果汁開始為大家倒飲料，解開這暫時的尷尬氣氛。

「曾宇凡，妳跟霍梓晨是同事關係，那他在醫院有沒有什麼八卦啊？」

曾宇凡搖搖頭，「我還真的不知道他有沒有什麼八卦，我也才剛進去一個多月而已，哪能打聽到什麼消息啊……當事者就在場，你們怎麼不直接問問他本人？」

「妳才搞笑吧？當事者如果肯講，那我們怎麼會問身為同事的妳？」

「妳說的倒也沒有錯，但我老實說……我進醫院工作這一個多月，沒聽到有關於他的八卦，只看到他忙碌認真的身影，就算他會跟一些女同事說話也都是在聊正事，你們也知道霍梓晨這人就是不苟言笑，跟他講個笑話他也不會有任何的反應。」說到這裡，其他同學認同似的點了點頭。

曾宇凡這時候倒是挺好奇，霍梓晨從高中畢業到現在有沒有交過女朋友欸……

雖然吳夢娜在群組上面說她對霍梓晨有興趣，可來到這她也只是剛開始與霍梓晨打聲招呼，後面並沒有繼續的互動下去，自己跟以前那幾位高中要好的女同學們坐一起，開始聊著各自的近況。

高中時期至今已經過了十幾年左右，大家蛻去了以往那懵懂的臉孔，沾染上了不少的社會經歷與滄桑感，大家各自有屬於自己的故事。有人結婚又離婚、有人孩子生三個、有人想生因為壓力大生不出來、有人有嚴重的婆媳問題、有人想結婚卻沒有對象，大家的年紀位在二十八歲與二十九歲之間，大多數人的煩惱都是與工作、婚姻或是家庭有關。

一場同學會結束後，有些人覺得還沒有聊夠，說要一起去唱歌繼續狂歡，李懿瓴走到曾宇凡的身邊，「我等等可以搭霍梓晨的車嗎？」

「我不能替他做決定，但應該是可以。」曾宇凡用頭朝著霍梓晨的方向點了一下，霍梓晨人正在與班上的男同學聊著天，對方一直邀他一同去唱歌，可曾宇凡看得出來他很想拒絕，但又不知道怎麼拒絕，因為友情在作祟。

突然間，霍梓晨轉頭，不偏不移的與曾宇凡對上眼，他對她使了眼神，明明沒有任何的言語，可是曾宇凡看得出來他正對她求救。

曾宇凡當下沒有想太多，跟李懿瓴說她去幫他一下，就往霍梓晨的身邊走去。

她微笑的說：「你們在聊什麼啊？」

「曾宇凡，妳看霍梓晨不夠意思，不跟我們一起去唱歌，大家難得聚在一起欸！」

曾宇凡點頭，看向霍梓晨，「對啊！你怎麼不跟他們一起唱歌啊？大家難得見面，下次見面都不知道是什麼時候了。」

霍梓晨愣了一下，「我……」

「等等，不對！」曾宇凡突然瞪大眼睛，「你晚上不是要回醫院幫忙嗎？」根本就沒有這件事情，反正通通推給工作就是了，況且霍梓晨是醫師，醫師很忙這件事情大家本來就都知道。

「這沒有辦法囉！就真的只能下次再約了，因為他都跟醫院講好了，臨時要找別的醫師回去幫忙也很難找……」

霍梓晨點頭，「對，所以……下次再約吧。」

那位同學點頭，「那就下次再約，下次你一定要把時間空下來哦！明明知道今天要同學會還不空下整天。」

「我那時候知道要同學會的時候班表都排好了，除非有醫師願意跟我更換，否則……很難的。」

「好啦！我懂啦！醫師就是忙啊！不過你們兩個不是沒有在交往嗎？怎麼你的動向曾宇凡知道的一清二楚？而且還比你本人清楚欸！」

曾宇凡聽了瞬間無語，很佩服對方的想像力，開口正想解釋的時候，霍梓晨搶先一步，「她是我們部裡的祕書，理所當然會知道每個醫師的行程。」

霍梓晨在說這句話的時候是面無表情的，沒有任何情緒在，周圍空氣的流動甚至有幾秒鐘的時間是停止的。

曾宇凡給了個微笑，走回李懿瓴的身邊。

「你們倒是挺有默契的，他的一個眼神妳就知道要上前幫他。」李懿瓴說，從剛剛到現在所有的一切她都看在眼底。

曾宇凡低頭沉思，高中時期的她與霍梓晨確實好到幾乎知道對方一個眼神就是要表達什麼，這樣的默契讓她吃驚，然而更讓她吃驚的事情是，明明距離高中年代都已經過了十幾年了，可這樣的默契還是存在。

他懂她，她也懂他，這樣的友情到底是歸在什麼境界裡？

「所以……霍梓晨他到底能不能讓我搭便車啊？」李懿瓴的話讓她回神，曾宇凡笑了笑，「應該是可以！班長為人沒這麼小氣，但還是要問問本人。」

「妳跟他比較好，妳幫我問吧！」

「……小事情還要我幫妳問。」曾宇凡沒轍，趁著霍梓晨走到她身邊的時候，她抓著他的袖子，「霍梓晨，等等懿弤可不可以搭便車？」

「可以啊。」霍梓晨說，表情卻是狐疑。

「謝謝班長大人啊！」李懿弤聽到開心的對他說，之後趁著霍梓晨離開的時候，她悄悄地拉著曾宇凡的手臂，「欸，讓我搭車這件事情班長他是不是有點不情願啊？」

「沒吧。」

「可是他剛剛的眼神……」

「他的眼神是納悶，他納悶著為什麼是我開口問他，而不是妳本人問他。」

「真的嗎？」李懿弤望著曾宇凡的臉，「妳怎麼知道他是這樣想的？」

「不相信妳等等可以問他。」曾宇凡說。

李懿弤搖搖頭，凝視著曾宇凡，微微張口但欲言又止。

「妳幹麼？有話就說啊！」

「我只是覺得……人的一生中，可以遇到一位這麼懂自己的異性朋友，這件事情真的很不可思議。」她說：「畢竟你們不是情侶啊！」

曾宇凡聽了不自覺的點頭，「妳這樣一說，我倒是覺得這是一件很可怕的事情，不管是對他或是對我，如果將來我們兩人各自有了交往的對象，可這交往的對象跟好朋友比起來，卻沒有好朋友懂自己來得多，這件事情是多麼大的傷害啊。」

「……所以？妳打算怎麼做啊？」

曾宇凡笑了，「如果我們之間其中一個人之後有了交往的對象，我會離他遠遠的再也不會有任何的交集，一來不想讓他的對象覺得我是個敵人，二來我自己也不想為自己惹上不必要的麻煩，第三者這個詞是絕對不會發生在我身上的，跟有對象的異性朋友保持距離本來就是應該的。」

李懿瓴靜靜的看著她，神情流露出一些同情，「……妳還沒有走出前男友的陰影嗎？」

曾宇凡的前男友當初就是因為他劈腿，所以兩人才分手的。

「沒有，但我不想讓人誤會。」她搖頭。

這時候決定要唱歌續攤的一群同學們離開了，與他們道別揮手後，霍梓晨走到曾宇凡的身邊，「走了。」

說完後，與其他沒有去續攤的高中同學道別，他們往搭往地下停車場的電梯走去。

「班長，我可以問你一個八卦嗎？」李懿瓴說。

「我可以說不行嗎？」

「哈哈，幹麼這樣？」李懿瓴乾笑幾聲，「真的不能問啊？這麼小氣？你是當醫生後才變小氣的嗎？」

「……妳要問什麼？」他的語氣充滿無奈。

「你有沒有交過女朋友啊？」李懿瓴問出這個問題，同時間，曾宇凡悄悄地豎起了耳朵，因為她也想知道這問題的答案。

只是因為好奇而已。

第六章

高中時期，由於霍梓晨身為班長，成績優異加上長相帥氣，這樣的魅力不只吸引同屆的女生注意，更是延燒到學姊與學妹們。

因此有不少的女生跑來跟霍梓晨告白，經常與霍梓晨在一起的曾宇凡就時常見到有女生匆匆的跑來說喜歡他，更有人大膽的說可不可以當她的男朋友。

面對這些愛慕者，霍梓晨始終冷漠以對，他時常丟了一句：「我沒興趣。」、「無聊！」，然後快步的走開。

曾宇凡時常藉由這個嘲笑他，「不錯哦！百人斬欸！霍梓晨想不到你桃花這麼旺啊！」

「白癡。」他說。

曾宇凡感嘆著，「你要珍惜這樣的時光啊！能被這麼多女生告白，這很難得的。」

霍梓晨聽了挑眉，「我怎麼覺得被女生告白這件事情對妳來說就不難得？」

曾宇凡聽了無語，知道他是故意的，伸手摸了摸自己的短髮，「怎麼樣？你是在擔心我會把你的粉絲搶來嗎？」說完她往他的手腕揍了一拳。

對於這不痛不癢的一拳，霍梓晨沒有理會，兩個人打打鬧鬧的走進了陽光中。

不過，曾宇凡所說的這件事情在那時候真的有發生過。

某位原先喜歡霍梓晨的學妹，到最後喜歡上曾宇凡，她覺得曾宇凡陰柔中帶點帥氣，運動細胞又很好，踢起跆拳道的姿勢有夠帥，有一次趁著曾宇凡一個人走出體育館的時候，她走向前，不害羞的直接說：「學姊我喜歡妳！」

「啊……？」曾宇凡認出她是之前告白過霍梓晨的學妹，傻愣了一下，遲遲沒有反應。

「我喜歡妳！學姊。」她又再次說一次。

「但是——」她的話還沒有說話，這位學妹就打斷她，「我聽你們班的學姊說妳現在沒有對象，那可以跟我交往看看嗎？」

「學妹，但我是女生欸！」她傻眼。

「我知道妳是女生啊！」

「妳知道我是女生，那妳還說妳喜歡我？妳喜歡的不是男生嗎？」

「我男生女生都喜歡。」她一點都不避諱，這樣的行為讓曾宇凡更加的傻愣住。

「可是我喜歡的是男生。」她強調，「我沒有喜歡女生。」

「學姊妳不是T嗎？」

「不是啊！是誰說的？我從來沒有說自己喜歡女生，為什麼妳們就要為剪短髮的女生亂貼起標籤？」

「但你們班上的人也都說學姊妳喜歡女生……」

「沒有，他們在亂說話！」曾宇凡說：「我沒有喜歡女生。」她再次強調。

最後這位學妹跑走了，再也沒有出現在她與霍梓晨的面前。

霍梓晨得知這件事情後，故意取笑曾宇凡，「妳的魅力也是挺不錯的。」

「找死啊？」她想用眼神殺死他。

都在他面前說了好幾次她沒有喜歡女生了，但霍梓晨偏偏會拿這件事情來開她玩笑，她只能欲哭無淚啊！

時間拉回現在，坐在副駕駛座的曾宇凡偷看著霍梓晨的側臉，霍梓晨正專心開著車，從剛剛到現在車子裡面的三個人都沒有說話，坐在後座的李懿瓻在上車後不到五分鐘就睡著，她說她昨天因為同學會的關係緊張到睡不著，現在同學會好不容易成功的圓滿結束，所有的壓力都釋放出來後，終於能夠好好的睡覺了。

「不要一直盯著我，但又不講話。」霍梓晨打破沉默。

「你知道我在偷看你哦？」曾宇凡乾笑幾聲。

「幹麼一直盯著我？」他說：「有什麼話想說，就說吧。」

「霍梓晨，我終於可以理解為什麼你另外一半的條件這麼簡單。」曾宇凡說：「是因為前女友的關係吧？」

霍梓晨的前女友是他在大一的同班同學，但由於那時候霍梓晨準備要考轉系考而把重心放在課業上面，時常不小心疏忽女朋友，兩人的感情越離越遠，最後時常吵架，女朋友要的只是陪伴，要的是兩人可以天天見面，但他無法給予這種天天見面的承諾，最後越吵越兇導致分手。

霍梓晨沒有說話，曾宇凡則當作是默認。

「要結交另外一半過，才能知道自己真正想要的是什麼。」曾宇凡說：「愛情的理論嘛！唯有自己親身經歷過什麼事情，才會知道這件事情是不是自己想要的。」

「但這件事情我也有錯，女生容易缺乏安全感，是我沒有給予她足夠的安全感才會導致分手的。」說到這，霍梓晨的臉有一點自責的意味，曾宇凡見到他這樣子的失落，伸手拍拍他的肩膀給予鼓勵。

「別這樣想，等遇到下一個人的話，就給她安全感啊！從失敗中做學習，這句話可以應用在很多事情上面呢！」

「曾宇凡，妳什麼時候變得這麼豁達我怎麼不知道？」

「我？我也是近幾年來才這麼豁達的。」曾宇凡喬好姿勢靠在椅背上，「不為他人而改變自己，不為他人而活，我就是我——曾宇凡，一旦改變了，就不是曾宇凡了。」

「不為他人而活……但妳不為妳的另外一半而活，這聽起來倒是蠻怪的。」

曾宇凡搖搖頭，「我的意思不是這樣，不是說什麼都不要變，還是要做出一些些改變，但這改變是好的，對自己是好，對他人也是好的，這樣兩個人在一起的時間才會長嘛！」說到這裡，她打了聲哈欠。

「妳要不要先休息？到了我再叫妳。」

「啊？但是後面李懿㻍已經睡成那樣子了，若我也睡，豈不是對不起你這位開車的人？沒人跟你聊天你不無聊嗎？」

「一個人習慣了。」霍梓晨卻這樣說。

曾宇凡愣了愣，「可別說這種話啊！搞不好你到了三十幾歲還是一個人，沒有對象，只因為你已經習慣起一個人的生活。」

「我都這樣子過了快十年了，有差嗎？」自從大一與前女友分手後，霍梓晨他再也沒有結交過任何對象，一直維持單身到現在。

「霍梓晨，你條件很好的，若要相比，我條件才差吧？」曾宇凡不免自嘲，「既然車主允許我睡覺，那我就恭敬不如從命囉！」說完，她闔上眼睛。

霍梓晨看著她，過幾秒鐘後他轉過頭直視著前方，專心的開著車。

李懿㻍下車後，又開了約莫十分鐘左右的車程才到曾宇凡的家。

「我明天晚上八點來接妳，這個時間點妳可以嗎？」

「可以，但你不早一點嗎？不怕塞車？」

「這時間點不會塞車。」霍梓晨很有自信的說，開玩笑，他都開幾次車了？

「好，那八點見，謝謝你送我回家。」曾宇凡對他說，揮揮手，打開車門從副駕駛座下車。

直到家門掩上，霍梓晨才發動起車子駛離。

這趟回家，母親一直抓著曾宇凡問霍梓晨的事情，問到曾宇凡都有點煩了，她母親到底是多麼怕她嫁不出去啊？

「現在這樣子的年紀，有條件不錯的就是要好好把握，不要錯過，免得將來後悔。」

回到家，身上的洋裝都還沒有換下，就被母親抓到客廳去碎唸一番。

「老媽，跟你說好幾萬次了，我跟霍梓晨就只是朋友、朋友而已。」

「若妳喜歡的話，就不只是朋友關係啊！還是要我教妳怎麼追男生？」

「媽——好了啦！我要去洗澡了啦！」被碎唸了五分鐘耳朵也長繭了，曾宇凡從沙發上站起，直接往自己的房間走去。

「我是要妳好好把握！不要後悔！」母親的聲音在身後響起。

「我不會後悔的。」她回話，真心覺得母親有點煩。

母親對她的關心沒有錯，但這樣的關心言語真的讓她覺得挺困擾的，拜託，她跟霍梓晨兩人另外一半的條件相互矛盾，怎麼可能會在一起啦？

兩人就只是好朋友嘛！

曾宇凡母親為了感謝霍梓晨接送女兒，特地要霍梓晨來吃晚飯，隔天晚上霍梓晨一出現，晚餐時間再次被曾宇凡母親抓著問東問西，曾宇凡母親自以為自己問得很有技巧。

比如：「霍醫師啊！你條件這麼優，但是現在卻是單身，有沒有急著想找對象結婚啊？我可以替你介紹哦！」

曾宇凡母親自己以為別人聽不出來她是要推薦她女兒的，但偏偏曾宇凡與霍梓晨兩人都深知肚明她接下來的話會說什麼，曾宇凡一臉尷尬的笑著，心中甚是無語，可霍梓晨倒是挺厲害的應對。

「我現在不急，如果急的話會跟阿姨說的。」霍梓晨直接閃避這問題，說的時候臉上笑笑的，完全不會讓人覺得沒有面子，這樣曾宇凡心中鬆了一口氣。

也對，霍梓晨是智商這麼高，況且條件也這麼好，對付這些閒言閒語他應該很有經驗，根本就難不倒他。

「怎麼會不急啊？你不是快要三十歲了嗎？應該很急啊！就算你不急，你爸媽呢？他們沒有急著抱孫子嗎？」

「我的命盤上算出我三十五歲才能娶妻生子，不然會倒楣一輩子，所以現在還不急。」他緩緩地說，這個回答差點讓曾宇凡把手中的那口飯噴出來。

簡直快笑死她了。

結果晚餐時間整整耗了一個多小時，原本預計八點要出發回台北，結果被拖到快要九點才出發。

當霍梓晨將曾宇凡的行李箱放置在後車廂的時候，曾宇凡一臉歉意，「抱歉，比預計時間晚回去，都是我媽媽啦……」

「沒事，快上車吧。」

兩人上車後，曾宇凡想到剛剛霍梓晨說的話，便一臉好奇的盯著他的面孔，「欸，霍梓晨，你命盤上真的說你三十五歲才能娶妻生子哦？這件事情是真的還是假的？」

「當然是假的。」他回答，這讓曾宇凡開始哈哈大笑，而且是完全不給面子的大笑。

「有什麼好笑的？妳不覺得面對長輩的逼問，這個答案比較好解決嗎？不僅回答到對方的問題，而且還讓對方無法繼續問下去，我覺得這答案很好欸！」

「好，就是因為這答案好，所以才好笑啊！哈哈哈哈哈！」曾宇凡笑到差點岔氣。

「別笑了。」他開始行駛。

「我覺得這個方法很好用欸！以後如果再有人逼婚，我就可以回答說：『不好意思，算命師說我的命盤是在三十五歲才能結婚，所以現在找對象這件事情對我來說不急，慢慢來就好。』酷斃了欸。」

「曾宇凡，這句話還是不要常用比較好，免得妳到了三十五歲後真的嫁不出去。」

曾宇凡乾笑，「你是在擔心我啊？」

「擔心啊！你們女人越老越不值錢，不像我們男人是越老越值錢。」

「真臭美。」她直接毫不留情地給他一個白眼，「憑什麼啊？『值錢』這件事情怎麼是用年紀來計算的？」

「我指的不是年紀，而是身體的健康程度，男人不外乎是指精力，相對的女人就是指生育。」

「我去你的。」曾宇凡臉變得不悅，「霍梓晨，你這話的意思是男人娶妻就是為了傳宗接代？」

「不，我沒有這樣想，我不會覺得娶老婆是為了傳宗接代，我覺得娶妻是邁入人生的下一個階段，是負責的一種方式，是重要的旅程，是想要一個完整的家庭，所以這樣子的對象一定要慎選，而不是隨便挑挑來湊合。」

曾宇凡聽了霍梓晨的話後原本有的怒氣隨即消逝，看著霍梓晨那樣正經的側臉，與剛剛那段正經的語氣，她知道這話是他心中的真實話，另外，也實實在在的與她的想法不謀而合。

不應該說不謀而合，只要有腦的人都會這樣想吧？只是每個人採取的行動不一樣而已。有些人會拼命不斷的去相親挑選對象，又或是在網路交友上面挑選對象，對於這種事，有人積極、有人散漫、有人原地等待。

「霍梓晨，不然這樣子好了。」她看著他的側臉，聲音已不像是自己的聲音，「如果我跟你到了三十五歲都沒有對象，我們……要不要試著在一起看看？」

也不知道怎麼回事的為什麼會有這樣的想法，是因為剛剛那不謀而合的想法嗎？

曾宇凡看著霍梓晨的側臉，只見霍梓晨的眼睛因為她的這番話而微瞇了一下，轉過頭淡淡的看了她一眼。

「曾宇凡，妳這女人不適合被『將就』。」霍梓晨說：「對我來說，每個人都應該被真心對待，沒有將就、沒有湊合、沒有勉強。」

沒有將就、沒有湊合、沒有勉強？他不想將就於她，不想與她湊合，不想讓自己勉強，這是他想說的話吧？

曾宇凡將視線轉移到窗外，心中有一絲的失落，「……你當我沒說。」

跟高中時期一樣，即便兩人距離如此的近，可彼此的心卻如此的遙遠，連一點點的靠近、一點點的機會都不允許。

算了，也沒什麼好失落的，還不就是維持原狀而已嗎？維持好同學的關係、維持好朋友的關係、維持著好同事的關係。

「在未來，一定會有個男人真心對待妳的。」霍梓晨說。

曾宇凡淡淡地回應了一聲，但她並不相信，對她來說，已經不是高中時期、大學時期的戀愛，什麼都不需要做靜靜的原地等待著天降臨的愛情？天降臨的愛情這種事情根本就不可能會發生，走個彎會遇到愛情是言情小說裡面的元素，可惜現實中會發生這種邂逅式愛情的機率非常非常的低。

當他們兩人回到台北的時候已經將近晚上十一點多，霍梓晨載曾宇凡來到她的租屋處，是位在社區裡面專門租給上班族的套房，而且還設有警衛。

「霍梓晨，謝謝你送我回家，我改天請你吃飯答謝吧。」曾宇凡對他說。

「用不著這麼客氣，妳我都認識這麼久了。」

曾宇凡拉著行李箱，淡淡的笑著，「要被我請，不被我請，反正我們倆同事關係，見面的機會大，你自己慢慢想要不要給我請囉。」

在確認曾宇凡人經過警衛室安全的進入社區後，霍梓晨將車開走了。

回到台北的生活依舊一樣，只是，對曾宇凡來說，多了一個小小的變化。

高中同學有一位叫方天旗的人，自從高中同學會重新見面後，會開始主動找曾宇凡聊天，早上的時候會問早，中午的時候會提醒記得吃飯，晚上的時候會提醒不要熬夜。

也真是怪了，記得同學會那天，兩人的交集沒有很多啊！頂多只是互問一下對方在哪裡就業，待遇好嗎等等的瑣碎事情。

持續兩天之後，方天旗有一天傳來了：『妳高中的時候真的很不像女生，同學會那天的打扮讓我驚為天人，沒想到其實妳蠻漂亮的，我都不知道我跟這麼漂亮的人當過三年的同學。』

曾宇凡見到這訊息，先是眨了眨眼睛，嘴角因為對方的讚美而勾起，再來又眨了眨眼睛，收起笑容後腦中浮現著一句話：這人的說話方式會不會太狗腿了？

沒有回覆，她將手機螢幕關閉，暫時放在一旁，處理著剛剛院長室來的一批公文。

「宇凡。」辦公室門被敲了敲，蕭旻言出現在她面前，微笑的給她一份文件，「這個麻煩請給老宋簽名。」

「好的。」她接收文件，快速的瀏覽一下內容，確認無誤後拿起標籤紙在簽名的地方貼上。
蕭旻言看著筆筒裡面的那支棒棒糖，表情有點好笑的問：「這個妳還沒吃啊？」
「啊？」意識到對方的目光正望著那支棒棒糖，曾宇凡有點尷尬的笑了笑，「這支棒棒糖色彩太繽紛了，有好多個時候我都以為是玩具，久之就……就一直放在那裡囉。」說完乾笑幾聲。
「色彩繽紛看起來色素不少，我那時候吃了很久才吃完，吃完舌頭都變藍色，好像中毒一樣。」
曾宇凡聽了有點汗顏，「應該很好吃才對啊！」
「好吃啊！吃久了會膩的，太甜了，我都配咖啡。」
「要配咖啡啊……」曾宇凡抬眸，不自覺點了頭。
「這棒棒糖就好像……人喜歡追求新鮮繽紛的事物，可接觸到後並沒有想像中的美好。」蕭旻言說。
「啊？什麼意思？」她不解，他是在暗示她什麼嗎？光是一支棒棒糖能講到人生道理也不凡，醫師都是這樣正經八百的嗎？
蕭旻言笑著搖頭，轉個話題，「聽說妳這週回老家，妳老家在哪裡啊？」
「我老家在台中。」她回答，「這週末剛好舉辦高中同學會，所以我跟霍梓晨兩人一起約好回去。」
「……你們兩個人一起回去啊？」
「是啊……就順路嘛！而且兩人又是同事，就一起約囉。」她攤手。

蕭旻言點了頭，沒有說話。

「旻言醫師，我可以冒昧問你幾年次的嗎？我知道你跟我差不多年紀，但不知道是不是同年。」

「我跟霍梓晨同年次的，既然他是妳的高中同學，那我們兩人確實是同年。」他笑著回答。

曾宇凡聽了欣喜，也不懂為什麼自己雀躍的理由是什麼，就好像在茫茫人海中找到了自己的同類一樣，而這所謂的同類就只是同年紀而已。

「出社會工作也有幾年了，真的很少會遇到跟自己同年的。」

「哦？會嗎？」

「會啊！」曾宇凡用力點頭，「我上一份工作也是做行政，可沒有人跟我同年，不是大我一兩歲就是小我一兩歲。」

「也許因為我是醫療人員，經常碰到與自己同年的，所以比較不懂妳的感受。」蕭旻言指著曾宇凡放在桌上的手機，從剛剛到現在已經連續震動了兩三次，可曾宇凡都沒有想要看手機的動作，「妳不看訊息嗎？說不定是老宋傳的。」

「噢……」曾宇凡拿起手機一看，再度將手機螢幕關上，「不是部主任啦，是高中班上的同學，最近總是傳一些無聊的話給我。」

「無聊的話？」

「很無聊啊！有時候傳些一點都不好笑的笑話，有時候還會報備自己現在在做什麼事……」曾宇凡攤手，顯然沒有將這個人放在心上。

「追求者太多，有點困擾嗎？」

「我哪有什麼追求者啊？」曾宇凡笑了笑，自嘲著：「現在忙工作、忙運動的，加上我又沒有參加聯誼活動，怎麼可能會有追求者？」

「這個就是啊！」蕭旻言指著她的手機，「這麼明顯的在跟妳報備他現在在做什麼事，一般男人沒事不會跟一個女人報備任何事情。」

曾宇凡聽了垂下眼睛，有點不信，「是嗎？」

「當然是啊！妳會覺得對方的笑話很難笑、很無聊，那是因為妳本身對他沒有任何興趣，所以妳才會覺得對方無聊。」

曾宇凡歪著頭，「嗯，你說的沒錯，我對對方沒興趣。」

「那妳喜歡什麼條件的啊？」

「就……」曾宇凡看到蕭旻言的眼睛閃爍，她頓時止住，朝著他微笑，「難不成你要介紹對象給我啊？」

「可以啊！我可以幫妳物色。」他撥撥自己的頭髮，嘴角的弧度變深。

「物色啊？」曾宇凡想到昨天在車上霍梓晨對她說的那番話，不禁抿了唇，連她自己不知道自己此刻的眼神因為回想起霍梓晨的話顯得暗淡，過不到三秒鐘的時間，她微笑著：「好啊！你是醫生比較聰明，加上又接觸過這麼多人，一定比我還會看人，肯定可以幫我物色到一位好人家的，那我的未來就交給你了。」

「哈哈哈。」蕭旻言笑了，「既然妳這麼說了，那我就用我這雪亮的眼睛來幫妳看看。」

他的話讓曾宇凡笑了幾下，真心覺得他好笑。

曾宇凡在下班的時候才回覆方天旗的訊息，原因僅僅只是因為她覺得對別人的訊息已讀不回的人很沒禮貌，而她不想成為一個沒有禮貌的人，所以最後她還是回了。

她回覆：『謝謝你。』僅僅只有三個字而已。

可她的回覆讓方天旗覺得自己有望，又繼續丟了許多訊息來，看到那些訊息曾宇凡微微蹙眉，她是沒有覺得煩，但卻覺得對方很無聊，真的是很無聊的一個男人。

不僅是聊天的內容讓她覺得無趣，甚至讓她沒有想繼續接話的想法，於是她丟了『不好意思，我先忙。』

將手機丟進包包裡面後，她拿起包包與外套，刷卡後離開公司，準備幫自己買個晚餐，而方天旗的訊息她再也沒有點開來看。

第七章

方天旗在高中的時候與霍梓晨關係良好，兩人雖然沒有經常一起行動，但因為座位在霍梓晨的附近，兩人因此變得很有話聊。

那時候的方天旗也是流言蜚語的製造者之一，尤其得知原先喜歡霍梓晨的學妹最後喜歡上了曾宇凡，光是這件事情，他就拿來嘲笑曾宇凡很多次。

「凡哥，妳橫刀奪愛啊！」方天旗哈哈大笑。

一旁的霍梓晨聳肩攤手，曾宇凡雙手盤在胸前，翻白眼，「什麼跟什麼啊？我哪有橫刀奪愛？是那位學妹自己喜歡我的欸！我根本什麼事情都沒有做好不好？」

「對她來說，妳比霍梓晨有魅力吧？」

「去你的。」曾宇凡瞪大眼睛，給了他一記殺氣。

轉身看著霍梓晨，霍梓晨的嘴角顫抖著，好像在忍笑一樣，曾宇凡見狀看不下去，用力地打著霍梓晨的肩膀，「霍梓晨，你笑屁啊？」

「很痛欸！」霍梓晨摀著自己的肩膀，哀叫一聲。

「我才輕輕一打而已哪有很大力？」

「我就是覺得痛。」

方天旗說：「你們兩個別吵了，往好處想，好加在那位學妹不是霍梓晨喜歡的人，若是他喜歡的人，你們想想嘛！霍梓晨喜歡的人喜歡上曾宇凡，這件事情多大條啊！你們會不會為了一個女人因此反目成仇啊？」

曾宇凡很想拿起桌上的水瓶轉開蓋子然後往方天旗的頭頂上給澆下去，將他腦中的想法徹底清洗一下看會不會變正常。

曾宇凡並沒有回答方天旗的問題，她壓根兒沒有將這問題放在心上，反倒是身邊的霍梓晨，思考過後一臉正經地回答：「不會反目成仇啊！為什麼要反目成仇？我會祝福對方啊……若曾宇凡也喜歡，我會囑咐她要對那女生好一點。」

這樣的回答讓方天旗愣了一下，「霍梓晨，你這麼大愛啊？我不相信欸……若真的發生這種事情，一般人怎麼可能會這麼理性啊？」

霍梓晨笑了笑，「我，不是一般人嘛！」

「少在那邊自以為了。」方天旗當面吐槽他。

「若不祝福，難不成要跟曾宇凡吵翻嗎？這樣我失去了愛情，也失去了友情，多划不來？」

這樣的回答讓方天旗無言以對，曾宇凡聽了，有點滿意的點了點頭，然後看向方天旗，用有點差勁的語氣說：「方天旗，你很無聊欸！腦袋不要想著這些有的沒的好嗎？很白癡欸。」

曾宇凡也從來沒有想過會有什麼事情可以影響到她與霍梓晨之間的友誼，他們就是這麼的要好，要好到有一些人以為他們在交往，嘴上雖然是否認著，可她又時常希望這件事情是真的，她時常奢求的想著：他們之間的友情能不能昇華變成愛情？霍梓晨的眼底能不能有她的存在？她能不能不要只是好朋友的角色？

從這些高中回憶回過神來，曾宇凡原先正在慢跑的雙腳停滯下，她喘著氣，用毛巾擦了擦額頭上的汗水。

經過了這麼多年，這個答案早就浮現出來了。

她與霍梓晨之間，只有友情而已。

曾經因為這沒有結果的初戀傷心過了，現在想想，高中時期的自己真的有點蠢，怎麼會用好哥兒們這個身分與霍梓晨要好呢？就是因為用好哥兒們這個身分給綁住，所以霍梓晨始終都沒有喜歡過她。

對她甚至連一絲絲的動心都沒有。

只能說她活該，這一切是她咎由自取，是她自己造就成這樣子的結果。

運動結束後的曾宇凡，緩慢地走回自己的租屋處，由於外出運動的她不習慣帶著手機出門，因此回到家後，望見方天旗的未接來電，她有點遲疑要不要回電給對方。

畢業後她與方天旗沒有聯絡過，兩人稱不上是朋友，僅僅只是高中同學的身分而已，就因為如此，她實在想不透方天旗打電話給她的用意何在？

喝了水後，手機再度又響了起來，一見到來電者，曾宇凡接起。

「方天旗，你找我？」

『曾宇凡，妳明天晚上有沒有空啊？』

「啊？你要做什麼？」

『我人現在在台北出差，預計後天回去，想找妳這位美女吃個飯，順便敘敘舊，如何？曾大美女肯賞小弟我這個面子嗎？』

曾宇凡再度覺得方天旗是個狗腿的人，而且這狗腿的特徵好像高中時期的時候就有了，只是太久沒有見到所以她忘記了。

她想起高中時期方天旗喜歡著班上的一位女同學，經常會去鬧對方，當男生喜歡上一個女生，好像都會在她面前表現自己，就只是為了讓對方的目光多停留在自己身上。

回過神，曾宇凡蹙著眉，難不成方天旗就跟蕭旻言說的一樣是對她有意思嗎？

「要找人敘舊，你怎麼不找霍梓晨？」她有點在試探的語氣，「你跟霍梓晨之間應該比較熟吧？怎麼會找我？」

『霍梓晨現在是醫師，忙得要命，他肯出撥時間給我嗎？』

「你問過他了嗎？以我所認識的霍梓晨，若你問了，他一定會撥出時間給你。」

『行，不如妳找他一起，我們三個人一起吃頓飯吧。』方天旗的聲音挺起來很阿薩力，根本沒有任何思考就直接順著曾宇凡的想法走，對他來說，男人在女人面前表現的寬容，也是可以加一點分數的。

曾宇凡愣了一下，「好啊！那你再給我時間跟地點，我問問霍梓晨。」

『好，那妳記得看我訊息啊！』

結束通話，曾宇凡洗了個熱水澡，洗完澡後看看手機，發現方天旗的做事效率真快，他已經將餐廳的時間跟地點發送給她。

她看了看時間，滑了滑手機，本來要立即打電話詢問霍梓晨的，卻突然想到，自從重新見面後，她好像沒有主動打電話給他過。

又想了想，反正他們是同事關係，乾脆明天見到面就直接問他好了。

而隔天早上曾宇凡進辦公室的時候，正好遇到開完會議的霍梓晨迎面而來，兩人點了頭當作是招呼，在擦肩而過的時候，曾宇凡順手抓住他的手臂。

「差點忘記跟你說了。」她突然叫住。

「什麼？」他被她的動作嚇了一跳。

她放開他的手，「方天旗約我們今天晚上吃飯，你有空嗎？」

「這麼突然？」

「是啊！他昨晚才跟我說的。」

「怪了，他怎麼不直接問我？」

曾宇凡頓時間啞口無言，不知道怎麼回答對方，對於方天旗最近一直找她聊天的這件事情，她不知道要不要開口跟霍梓晨說，可是一旦說了，霍梓晨又會怎麼看待這件事情呢？

自己高中時期的好友要追她，他會怎麼想？

唉，他應該是祝賀吧？畢竟他對她又沒那個意思。

曾宇凡莫名的一直在意起車上霍梓晨對她說的那些話，可能是自尊心作祟，導致於現在她看霍梓晨的眼神有點想要閃躲。

「如果我跟你到了三十五歲都沒有對象，我們……要不要試著在一起看看？」

她到底是哪來的勇氣說出這句話的啊？

當時又沒喝酒，腦袋壞了嗎？

輕吐了一口氣，「我也不懂他為什麼不直接問你，可能……想說我跟你是同事關係，請我幫忙問會比較有效率吧？畢竟你……你有時候就沒什麼時間看訊息啊……」她替他找了理由。

霍梓晨微微蹙眉，咳了一聲，「我有在看訊息了啊……」

「那你晚上到底有沒有時間？」

「我……」

「嗨，你們在聊什麼啊？」蕭旻言手拿著三明治突然的出現，打斷了霍梓晨原本要說的話，曾宇凡看向蕭旻言，大方的道聲早安。

「早，宇凡妳剛剛來嗎？」他一臉羨慕，「我真羨慕你們這些九點上班的人。」

「我才羨慕你們這些可以提早下班的人。」曾宇凡說。

見到霍梓晨面無表情淡淡地看了蕭旻言一眼，曾宇凡有點尷尬，到現在還不知道他們兩人之間是有什麼過節，為什麼霍梓晨會不喜歡他，而她也不想當個夾心餅乾一樣夾在這兩個男人之間。

「我們沒有在聊什麼，就有個高中同學約我今天晚上要一起吃飯，也找了霍梓晨，而我現在在問霍梓晨能不能一起來。」

「哦？」蕭旻言挑眉，「這位高中同學是男生還是女生啊？」

「是男生。」他問這做什麼？曾宇凡不解，但還是回答了他的問題。

「是這幾天一直傳訊息給你的那位嗎？」他又問。

「是他沒錯。」

蕭旻言眼中的笑意更加的深，他看向霍梓晨，拍拍他的肩膀，「梓晨，這時候識相一點，你就別去。」

「啊？」曾宇凡納悶，霍梓晨也是一臉不解。

「這件事情很明顯了啊！擺明了就是這位高中同學想約宇凡兩人單獨一起吃飯，但他怕宇凡覺得尷尬，所以也約了你一起。」

曾宇凡有點傻眼，她是知道方天旗的想法，但她自己並不想與方天旗兩人單獨在一起，所以才說要找霍梓晨的啊！而現在蕭旻言……他這是要幹麼啊？

「旻言，不好意思，這是我們的事情。」霍梓晨面無表情的說。

「我知道這是你們的事情，我只是給個建議讓你們參考而已，有一個風度翩翩這麼帥氣的人站在宇凡的身邊，很容易斬斷宇凡的桃花啊……」蕭旻言說到這裡，擺了擺手，「先走了，我就不打擾你們了。」在他轉身的那一瞬間，他忍不住笑了出來。

曾宇凡無言地看著蕭旻言離去的背影。

「妳會想單獨跟方天旗在一起嗎？」霍梓晨看著她問。

這樣的一個問題讓曾宇凡有點不悅，她收起臉上的笑容，「霍梓晨，你可以不用去理會旻言醫師的話。」

「妳不用把他的話放在心上，他這個人就是這麼愛開玩笑，人雖然是風趣健談，可有時候不知道是不是故意的，總是會做出一些讓人討厭他的行為來，所以我才有點不喜歡他……但，不得不說，他說的也是有點道理，如果妳想單獨與方天旗相處，我會識相一點。」

曾宇凡聽了更加的無言，咬著下唇，「霍梓晨，我對方天旗一點興趣也沒有，你不用為我設想這麼多沒有關係，今天這飯局就只是敘舊，你能來就一起來，不能來也不用勉強。」

「好，我下班來找妳，我們再一起過去。」他說。

「嗯。」

曾宇凡走回到自己的辦公座位，心中還是有點不悅，明明已經是她理想中的結果了，可她就是不悅。

她不悅的點在於蕭旻言講的那番話，不悅的點在於霍梓晨一開始的那些想法。

煩死了！

一整天下來，曾宇凡因為早上的事情顯得不開心，一直都是悶悶不樂的狀態，但若仔細拆解這兩個男人的行為，又覺得他們倆不是沒有道理，蕭旻言因為她單身而幫她製造起機會，霍梓晨也因為她單身想讓她跟異性友人獨處，確實，兩人的想法跟行為是為了她好，可是她就是不滿。

一來她對方天旗根本就沒有任何興趣，二來她曾宇凡是什麼樣子的人，竟然需要有人幫她湊合異性？而且湊合的人還是霍梓晨？

她咬牙做完今天所有的行政事務，也因為怒氣的關係，讓她今天的做事效率大大提升。

在下午五點左右的時候，蕭旻言又出現在她面前。

「宇凡。」他敲了敲門，曾宇凡一抬眼看到是他，抿著唇，不知道要對他擺出臭臉還是笑臉，雖然她是個很有個性的人，經常內心中的喜怒哀樂都直接表現在外，可現在是面對同事，她也不想惹得雙方都尷尬。

「有事？」她的聲音變得很輕，說的時候勉強笑了一下。

「上週我不是有給妳一份要給老宋簽名的文件嗎？我來問妳簽好了沒。」

「有，抱歉，我忘記拿給你了。」曾宇凡暗自罵了自己一聲笨蛋，在桌面上找了找，最後將文件遞給蕭旻言。

也因為自己沒有把事情做好，原先有的氣勢整個降低。

「宇凡，妳是不是喜歡霍梓晨？」突然，蕭旻言不知道哪根筋不對勁，丟出了這句話出來。

曾宇凡愣住瞠眼，「啊？什、什麼啊？為什麼突然、突然這樣說？」

「沒有嗎？我猜錯了？」他微微蹙眉，有點傷腦筋的模樣。

等等，他為什麼要傷腦筋？

「你猜錯了……我沒有喜歡他。」她回答。

「真的沒有？」

「沒有。」

「真的真的沒有？」

「就是沒有嘛！」她說。

他笑了笑，「如果妳喜歡他的話我可以幫妳哦。」

「你用不著幫我的……霍梓晨對我沒意思。」

想想，如果霍梓晨對她有意思，怎麼會在一知道方天旗對她有意思的時候沒有任何表示？甚至還想讓他們單獨相處呢？

一想到這，曾宇凡有點失落，也不知道自己為什麼會有這樣的感覺。

「先別這麼急著下定論，我不會覺得他沒有喜歡妳。」

這句話讓曾宇凡蹙眉，「……什麼意思？」

「我覺得你們兩人彼此都對彼此有好感，雖然不到喜歡的地步，但你們很在意對方。」

「……」曾宇凡沉默幾秒鐘，有點不相信的表情看著蕭旻言。

「我的直覺很準的。」蕭旻言又說：「可如果你們兩人都站在原地，沒有一方取行動的話，你們就只能維持現狀，不會有任何的改變，愛情不就是這樣嗎？很多情侶的誕生一定是有一方主動出擊，暗戀這種事是膽小鬼才會做的事情。」

曾宇凡看著他，「……我終於能夠知道為什麼霍梓晨不喜歡你了。」

因為常常講到別人的痛處，說話一針見血的，內容實在寫實到讓人無法反駁，這樣的人難怪會被討厭。

「我經常惹人厭啊，哈哈。」蕭旻言說著的同時刻意抓了抓自己的髮型。

「……」曾宇凡抿著唇，嘆口氣，「先不要說我跟霍梓晨之間是不是真的有那一回事，你剛剛說你想幫我，那我想問你，為什麼你會想幫我？」

「因為我曾經後悔過。」蕭旻言說：「在學生時期，我有一個喜歡的女孩子，她也喜歡我，可是我們誰都沒有開口，就這樣一直保持曖昧的關係，畢業後，我跟她的關係就這樣結束了。曖昧在愛情中是最危險的一段關係，關係不清不楚的，很難讓人有安全感，但偏偏有人喜好沉浸在曖昧的世界中，享受這危險卻甜蜜的感覺，可是說穿了，就只是不敢向前而已。」他又說：「我以前是這樣子的人，我後悔過，所以真誠的希望身邊不要有像我這樣子的人。」

「但我跟霍梓晨……真的不可能。」她的聲音變得很輕。

「你們兩個總要有一個人向前吧？」

「現在這樣子的關係對我們兩個都是好的。」曾宇凡說：「謝謝你的好意，但我真的不需要。」

「這樣啊……」蕭旻言摸摸自己的下巴，「我這個人也不是這麼白目的人，既然妳不喜歡我這樣子做，那我以後也就不會這樣子了。」

「謝謝你的體諒。」

「不會不會，討厭我的同事多了，我可不想讓宇凡妳也討厭我。」

曾宇凡用有點奇怪的表情看著他，「你有這麼顧人怨啊？」

「有啊……只是妳不知道而已。」他打哈哈。

蕭旻言離開後，曾宇凡仔細的思索著，自己是不是喜歡霍梓晨？

也許一開始沒有，但因為高中時期曾經喜歡過，內心曾經有過的情愫再度被喚醒，在默默之間中，對他有了好感也說不定。

唉，以前喜歡他都沒有結果了，現在喜歡肯定也不會有任何的結果，她這樣子根本就是自己找罪受，加上她在車子內的那個問句所得到的答案，答案就很明顯了啊……

明明知道不會有任何結果的，不是嗎？她不應該再讓自己的感情加深，到最後真的喜歡上了霍梓晨的話她該怎麼辦？

『凡哥，方天旗最近一直問我有關於妳的事情欸。』李懿瓴傳了訊息來。

曾宇凡看到後，丟了一個貼圖。

『我覺得要跟妳說一下比較好，這人跟我說在同學會那天看到妳就對妳一見鍾情，問我一堆妳的事情，我都視情況而回答他，一堆問題我都唬弄過去。』

『好，我知道了，方天旗他約我今天晚上一起吃飯。』曾宇凡說。

『！！！真假啊⁉他動作也太快了吧？』

『他說他出差來台北，想順便找我敘舊，我也找了霍梓晨一起去。』

『還好妳有找霍梓晨，不然妳應該不想跟他獨處吧？我記得他不是妳會喜歡的類型。』

『妳說對了，我根本就不喜歡他。』丟完這句話後，曾宇凡又丟了一個毆打的貼圖。

『不喜歡他就直接跟他說妳不喜歡他啊！』

『嗯，我正有打算。』

雖然這麼說，但曾宇凡根本不知道要怎麼直接拒絕方天旗這個人，她唯一想到的只有冷漠對待，這樣對方就會打退堂鼓了吧？她這樣想著。

下班後，霍梓晨前來找曾宇凡，她快速的收拾完後，跟著霍梓晨走到地下停車場。

「想不到方天旗會喜歡妳。」莫名其妙的，他丟了這麼一句話來。

曾宇凡撥撥自己的頭髮，「霍梓晨，你真的很不會說話欸！我是女人，長相雖然平凡但還是能看的好嗎？我這樣子的類型多多少少就是會引起喜歡我這種類型的男人的注意了，這很正常啊！為什麼從你嘴巴裡面講出來的話卻好像覺得這不是一件正常的事情？」

「我不是這個意思，我只是很訝異方天旗他……」

「你覺得他喜歡我這件事情很不可理喻嗎？」曾宇凡打斷他的話。

「沒有不可理喻，應該說很怪，但又不知道是哪裡奇怪，是我……是我不太習慣吧，習慣你們兩個人彼此一直以來都是友誼的關係，現在突然變調了，所以……才覺得有點怪怪的吧？」

曾宇凡故意開玩笑，「所以你現在是有點嫁女兒的心情嗎？」

卻沒有想到霍梓晨用力的點頭，「對，就是有點嫁女兒的心情，難以言喻啊！」

這讓曾宇凡整個無言到底，蕭旻言說他對她有好感，屁啦！假的吧？還說什麼他直覺很準？準個頭啦！

心中這樣子的謾罵讓此刻的蕭旻言可能在打噴嚏吧。

方天旗找了一家牛排館，價位普通，但燈光美氣氛佳的，很適合朋友聚餐聊天，而且還可以小酌。

「嗨，兩位！」方天旗見到他們兩個人一同出現，朝他們朝了招手，所有人坐定位後，他說：「同學會那天沒什麼聊到，今天可以好好的聊呢！不然明天我就得回去了。」

曾宇凡微微笑，霍梓晨也點頭微笑。

見方天旗身上的西裝套裝，可見也是剛下班來的，曾宇凡記得那天的同學會好像有聊到說他現在正在一家外商公司當業務，薪水不錯，只是人人皆不滿於現狀，大家都想往上爬。

「曾宇凡，妳真的變很多欸……簡直從一個小男孩變成一個小女孩……」

曾宇凡乾笑了幾聲，「這什麼稱讚啊？虧你還當業務，這麼不會講話。」

「不，我的意思是說妳整個人變成了一位大美女，看到妳現在這樣女大十八變的，我後悔高中那時候沒有追妳啊！」

「少耍嘴皮子，那時候你們都以為我喜歡女生，又怎麼可能會追我啊？」

霍梓晨微微挑眉，他發現曾宇凡很在意這件事情，但都已經是高中往事了，為什麼又經常提起？

「妳那時候沒有嗎？」反倒方天旗納悶。

「我承認我那時候剪短髮看起來很像男生，但我可從來都沒有喜歡過女生好嗎？我性向很正常，從頭到尾我喜歡的一直是男生。」

這時候，方天旗看向霍梓晨，眨了眨眼睛，表情有點古怪。

「你幹麼這樣看我？」霍梓晨問。

「我……沒有，沒事。」

「啊？」

「沒事沒事，餐點來了，快點吃。」

方天旗這樣子的行為擺明就是有事。

直到霍梓晨中途離開去廁所的時候，曾宇凡追問，問他為什麼會有那樣子的表情，方天旗搖頭，

「沒有啦，真的沒事。」

「你越是說沒事，我越是覺得有事。」

「就……」他搔搔頭，「反正都陳年往事了，不重要了啦。」

「到底是什麼事？」

「就……好，我說，就是高中的時候我從女生那邊得知你喜歡的人是霍梓晨，所以……妳也知道我那時候跟他不錯嘛！有一次聊天我就自己跟他說了，我就說曾宇凡喜歡你，但他卻回我說妳喜歡的是女生，怎麼可能會喜歡他啊……」方天旗說得小心翼翼，他很怕曾宇凡會有什麼反應。

而曾宇凡並沒有任何的反應，她只是點了點頭，若無其事的模樣。

「這件事情是真的嗎？」方天旗問。

「你是指什麼事情？」

「妳高中的時候喜歡霍梓晨這件事情，是真的嗎？」

曾宇凡看著方天旗一臉正經的模樣，點了頭，「嗯，是真的，我高中時候是有喜歡過他，而且你說的這件事情我也知道，因為當時我在旁邊，你們的對話內容我都有聽到。」

這件事情當時讓她覺得心碎，她這才知道原來霍梓晨根本就沒有把她當作是女生。

見到曾宇凡的神情黯淡，方天旗試著減緩這尷尬的氣氛，「霍梓晨嘛……呆呆笨笨的，這件事情妳就別往心裡去了……而且都過了這麼久，妳應該……應該不在意了，對吧？」

不在意才怪呢！自己初戀時期喜歡的人一直誤會自己，誰會不在意啊？

但她不怪霍梓晨，她只怪自己。

「你說得沒有錯，事情都過了這麼久，何況……我現在早就不喜歡他了。」

「嗯，既然妳不喜歡他，那……」方天旗深呼吸，對她笑著，「那我有機會嗎？」

曾宇凡愣住，方天旗這顆球丟的這麼直，她也不能裝傻，愣愣地看著他。

「方天旗……你在開我玩笑嗎？」她問。

「我沒有在開玩笑，我是認真的，該怎麼說呢……你現在這樣的外表是我喜歡的型，而且……妳的個性一直是我很喜歡的個性，講話直接，不拐彎抹角，很直率很好相處，同學會的時候雖然很少聊到，可是我發現妳的個性都沒有變。」

見到方天旗那真誠的雙眼，曾宇凡愣在那，不知道該說什麼。她確實不喜歡方天旗，可聽到這樣真誠的告白，不得不說的確有點開心，好像……好久沒有被人這樣子稱讚了。

「我沒有要妳現在給我答案，妳好好想一想。」方天旗說，給了曾宇凡一個溫柔的微笑。

「……嗯。」曾宇凡藉著喝飲料閃躲著對方的眼神。

霍梓晨此時回到位置上，見到兩人之間不尋常的氣氛，他也沒有多問什麼。

經過一個多小時聚餐才結束，分道揚鑣後曾宇凡與霍梓晨往他停車的位置走去，一路上兩人都沒有說話，曾宇凡沉浸在剛剛方天旗的告白上，唯一清晰入耳的是她那雙高跟鞋的聲音。

直到停車的位置那，霍梓晨拿出感應器按了一下，曾宇凡開啟副駕駛座的車門上車。

「吃飽了就有點想睡覺。」她打破沉默，舒適地躺在副駕駛座的座位上。

「妳可以休息，到家了我再叫醒妳。」

曾宇凡看著他的側臉，扳直了身子，「霍梓晨，你都沒有什麼話想問我的嗎？」

「妳是指什麼？」

曾宇凡看著他，久久都沒有說話。

她是在失落什麼？她不是早就知道霍梓晨給她的答案了嗎？她又是在期待什麼？

挑了眉，裝作鎮定來遮掩著心中那微小的失落，「沒事，我休息一下。」說完喬動了一下身子，她的目光望著窗外的夜景，夜景絢爛美麗，但就是因為絢爛，更加突顯她心中的失落與寂寞感。

她到底是在期待霍梓晨什麼？

別想了，真的越想越亂了。

另一方面，霍梓晨望著前方的景，偶爾轉頭看著曾宇凡的背影。

方天旗的那場告白他從頭到尾都看在眼底，這樣的一個約會，他很識相地給方天旗一個表現機會。

兩人各懷著不同的心思沉默了許久，當抵達曾宇凡租屋處的時候，曾宇凡開始副駕駛座的車門，道了一聲謝謝，隨即推開車門。

「曾宇凡。」霍梓晨突然叫住她。

「嗯？」

「……妳早點休息。」霍梓晨說。

「晚安，謝謝你送我回家。」曾宇凡淡淡地說，臉上沒有任何笑意在，她根本一點都笑不出來。

她知道自己是不喜歡方天旗的，可是對於他的告白，她的心卻有點悸動了。對方的誠懇、真摯、說話的語氣與表情，還真的有點打動她，她感動，但也明白這不是喜歡，就只是因為太久沒有人跟她告白所以她開心了一下。

女人嘛……久久沒有接觸到感動的事物，就莫名其妙容易受到感動的。

霍梓晨，對這件事情真的都沒有任何想法嗎？

她是希望他對她說什麼？

是真心的祝福，還是直接說她跟方天旗根本不適合？說自己比較適合她嗎？

一想到這，她不禁摀著臉，靠在電梯裡面的鏡子上，鏡中的自己一臉尷尬的窘樣，好險現在只有她一個人而已。

雖然嘴上她告訴蕭旻言她與霍梓晨的關係維持現狀就好，但偏偏她自己的心好像越往他靠近，明明他沒有做出任何行為，也表現得對她一點意思也沒有，可自己卻淪陷了。

只是因為……曾經喜歡過，然後該死的又再度悸動。

高中時期的霍梓晨是班上的班長，那時候的他在班上男生中就顯得出眾，不僅是成績好，品德好，經常扳著一張臉卻又溫柔待人，幾乎是個完美的男生。

而現在的霍梓晨，比高中時期的他更加的帥氣動人，魅力也大大的提升，雖然還是扳著一張臉，但這樣撲克牌的面孔卻不減他的氣質。

曾宇凡拿出鑰匙轉開家中的門，她呆呆地回過神，決定暫時別再想霍梓晨的事情。

突然，她瞪大眼睛，看著自己租屋處中的凌亂，到處翻箱倒櫃的，每個抽屜都被打開而且東西都被翻出來，她傻了眼。

……小、小偷啊！

意識到這的時候，她的雙腳發軟，在門口處滑坐下。

摸了摸手機，霍梓晨正巧打電話給她，她慌張了滑了幾下螢幕接通手機。

『曾宇凡，妳的員工證掉在我的車上。』

「霍梓晨！」她驚叫，「你現在可以來我家一趟嗎？我覺得好可怕。」

『發生什麼事了？』電話另外一頭的霍梓晨覺得不太對勁，他屏息的問。

「我家遭小偷了……但我現在不敢進去，只敢在家門口……你、你可以來幫我嗎？」

『好，妳先報警，我隨後就到。』

他的聲音給人一種非常安心的感覺。

直到十分鐘後看到霍梓晨匆忙出現，見到他的身影，曾宇凡暗自搖了搖頭，不免失笑，甚至有些想哭的感覺。

唉，她是真的又重新喜歡上他了。

第八章

高中時期也有發生過類似的事情，不同的是，當時的受害者不是曾宇凡，而是李懿瓴。

李懿瓴長得漂亮，同時間有兩位學長在追她，高中一年級的某天早上她發現她的抽屜裡面有一封信，信封開啟裡面是一張紙，然而，這張紙並不是寫著情話的信紙，而是沾上了一坨白色黏液的紙。

當她意識到自己拿到什麼東西的時候，她開始放聲尖叫，將手上的東西扔到了地上，滿臉恐懼下一秒抱著身邊的女同學哭泣。

曾宇凡當時在場，她與眾多女生一樣，都是一臉噁心的表情。

「真是個變態，噁心死了！」她說，咬著牙，有點生氣。

身為班長的霍梓晨慢條斯理的拿起那張紙的兩角，小心翼翼的將那張沾上白色黏液的紙攤開來，這樣的行為讓班上女生再次尖叫。

曾宇凡吐口氣，大聲地用力謾罵，「真是下流，變態，噁心！」

霍梓晨卻輕笑了一聲，「這個變態腦袋有洞，智障無誤，將自己的ＤＮＡ殘留在這，拿去驗一下很快就會抓到變態是誰。」說完，他再次慢條斯理地將那張紙給摺好，放進不知道哪來的夾鏈袋裡面。

結果根本不用驗什麼DNA，直接調出監視器畫面就抓到犯人了，是一位行為怪異的學長，他甚至曾經尾隨過李懿瓴。

李懿瓴感到越來越害怕，從此之後都不敢單獨行動，不管是去上廁所還是去哪裡，她都要找個人來陪，就連上下學也是，而由於李懿瓴住家的方向與曾宇凡相同，所以曾宇凡就成為了她的護花使者，這件事情還是霍梓晨提議的。

「凡哥，雖然妳帥氣大方，但實質上妳也是個女生，遇到這種事情……妳會感到害怕嗎？」李懿瓴問。

曾宇凡當下聽到其實乾笑了幾聲，當時的她確實不像是女生，根本完全沒有想過這個問題。

但不論是誰，遇到這種變態的行為，沒有人不會感到恐懼吧？

當時就是因為這件事情，曾宇凡與李懿瓴兩人漸漸的要好，兩人形成無話不談的好朋友，而這件事情帶給李懿瓴的陰影，也隨著日子一天一天的消逝。

「班長真的很可靠欸！對這件事情負責到底，明明不關他的事，老師處理就可以了，但他卻很有責任感，有時候還會關心我。」抓到犯人後，李懿瓴有一次盯著霍梓晨的身影說，說完她輕輕的撞了曾宇凡的手臂，「凡哥，妳跟霍梓晨這麼要好，知不知道他有沒有喜歡的女生？」

「啊？」曾宇凡愣住，臉色變得有點不對勁。

「妳怎麼這樣的表情啊？」李懿瓴輕笑，見到曾宇凡緊蹙著眉，目光看著地上，她收起了笑容，心中直覺不對勁，隱隱約約好像猜到了些什麼。

「妳……妳喜歡他哦？」曾宇凡當時悶著臉問。

「我沒有喜歡班長，我會這麼說是因為……像班長這樣子的人，能被他喜歡上的女生應該很幸福。」李懿瓴緩緩地靠近曾宇凡，頭點了一下她的肩膀，動作親暱，她小聲地說：「有沒有考慮要告白啊？」

「啊？」曾宇凡一臉慌張，「妳、妳……什麼？妳在說什麼？」

李懿瓴笑了笑，臉上的燦爛笑容有如花朵盛開一樣，「妳的反應好明顯哦！霍梓晨沒有發現妳喜歡他嗎？」

「我、我哪有喜歡他……」她否認，根本就沒有勇氣承認自己的心意。

「真的沒有嗎？我不相信欸……」

曾宇凡沉默看著李懿瓴，過了好幾秒才嘆了口氣，「妳……妳別告訴別人啊……」

「放心，我不會說的。」她微微一笑。

當時霍梓晨被蠻多女生喜歡的，有些人選擇告白，有些人選擇繼續暗戀，而曾宇凡就是選擇後者，在即將要畢業的時候，她好不容易鼓起勇氣想要告白，卻發生的那件令她覺得傷心的事情。

她也一直都後悔著，濃厚的遺憾存在她內心深處，怎麼樣也抹滅不掉……

警方來後調閱監視器，沒有多久就抓到了犯人，犯人是居住在樓上的單身男性鄰居，他觀察曾宇凡許久，發現她是一個人居住的單身女性，計畫很久才決定要犯案的。

變態似的翻弄曾宇凡的內衣褲，偷了幾件回到自己的租屋處打手槍自慰，為了營造出偷竊，他故意翻箱倒櫃，弄得像是遭小偷蒞臨的現場。

曾宇凡聽到這些行為不免作噁，很想吐，她渾身都起了雞皮疙瘩，深深的感到害怕，就算找到了一間有管理員居住的大樓，卻還是有危險存在。

回到家裡後，她開始將所有的內衣褲都丟進垃圾袋裡，被變態碰過的東西她根本連穿都不敢穿，霍梓晨幫她將家裡凌亂的東西簡單的收拾一下，看著曾宇凡跪在地上打包著垃圾，他上前伸手要拍她的肩膀，得到的卻是她反射性地躲離閃遠。

而霍梓晨的那隻手就尷尬地停在半空中。

「對不起，我……我真的被嚇到了……」曾宇凡摀著頭，用力的吐了口氣，她整個人跌坐在地上，渾身都忍不住顫抖。

「沒事了，沒事。」那隻停在半空中的手又向前伸去，碰觸到她的肩膀後輕輕拍著她的肩膀。

這樣的溫柔碰觸，簡直一觸即發，曾宇凡因為內心中的害怕環抱起自己的身體，她想止住自己的顫抖，卻無法控制住。

見到她這樣子的發抖，霍梓晨的手轉移到她的頭，猶豫片刻後他輕輕地拍著她的頭，「妳不要害怕，真的沒事了。」

曾宇凡咬著牙，再度吐了口氣，她抬眸盯著霍梓晨，沙啞的聲音說：「霍梓晨，我今天可以睡你家嗎？」

對方愣住。

「抱歉，這樣的恐懼我無法抽離，我不敢住在這裡，如果你不願意的話沒有關係，我去外面找旅店，或是……我找少菲去。」她拿出手機，這才發現現在的時間已經將近晚上十二點，若這時候打給羅少菲，估計對方應該睡了吧？

霍梓晨將她的手機按住，看著她說：「不用麻煩她，妳今晚睡我家。」

「……真的？」

「嗯，收拾一下行李，我在門口等妳。」說完這句話後，霍梓晨又拍了拍她的肩膀，接著轉身離開。

肩膀上的碰觸一消失，曾宇凡忍不住伸手摸著自己的肩膀，她發現自己孌留戀對方這樣子對她的碰觸。

才剛剛發現自己喜歡上他，這樣簡單的碰觸都會讓她心動。

曾宇凡抿著唇，突然間覺得困擾，重新喜歡上霍梓晨這件事情，究竟是好還是壞？

估計後者占多數吧？霍梓晨擺明了就是對她沒有任何意思。

簡單收拾一下後，霍梓晨帶她來到自己的租屋處，醫院對於醫護人員設有福利政策，有提供附近的社區租屋處，而霍梓晨就是居住在醫院提供的租屋處。

「真好，你住這麼近，應該從來沒有遲到過吧？」曾宇凡發現從租屋處門口出去，只要走路五分鐘就抵達醫院門口了。

「我們每天早上七點半開晨會，每天都需要六點半醒來，若遲到部主任又愛唸，所以沒人敢遲到。」

「噗。」曾宇凡忍不住笑了出來。

「哪像你們行政人員，可以睡到九點才來。」

「可是你們錢賺得比較多啊！」曾宇凡輕打他的右手臂。

望著曾宇凡臉上的表情，霍梓晨知道她已不像剛剛那樣害怕了，心中鬆了口氣，他嘴角輕輕的翹起，心中的石頭放下了。

因為沒來過這裡，曾宇凡好奇的東張西望，這裡的租屋處很新也很乾淨。

兩人走進電梯，霍梓晨按了樓層，電梯緩緩的關上。

「旻言醫師也住在這裡嗎？」

「嗯。」

曾宇凡聽了瞪大眼睛，「真假!?那……那他跟你住同一樓層嗎？」

「沒有，他住在隔壁棟。」

「喔……」曾宇凡忍不住點了頭。

「妳對他很有興趣啊？」

「我？」曾宇凡眨眨眼睛，「你這是什麼意思？你該不會以為我喜歡旻言醫師吧？」

拜託，別啊！

高中時期他以為她喜歡的是女生，現在他以為她喜歡的是別的男人，霍梓晨這個呆頭鵝可以不要凡事都自己亂猜嗎？怎麼不問問本人求證一下啊？

見霍梓晨沒有說話，曾宇凡心中翻了一記白眼，她直接明明白白地說：「雖然旻言醫師幽默風趣，但他不是我喜歡的類型。」曾宇凡說完攤手。

這樣的話讓霍梓晨瞇起眼睛，微微一愣，「那……方天旗呢？」他又問。

「方天旗嘛……」曾宇凡看著他的眼睛，不懂他的眼神是什麼意思，「方天旗的告白固然真誠感動，但感動歸感動，可是也只是這樣子而已。」

這樣子的暗示夠明確了吧？她跟方天旗不會有可能的。

所以……可以稍微看看在他身邊的她嗎？

叮的一聲，這時候樓層已經到了，曾宇凡率先走出電梯門。

「妳不給他機會嗎？」霍梓晨問，一出電梯就往某個方向走去。

「……」曾宇凡眨眨眼睛，真的不知道該說他什麼，看著霍梓晨走在她前方的背影，她緩緩的說：「我已經有喜歡的人了。」

「什麼？」霍梓晨吃驚回頭，腳步也停下。

曾宇凡摸摸自己的額頭，不敢看他的眼睛，故意裝作鎮定的說：「就你剛聽到的，我有喜歡的人了。」

「是誰？」沒有想到霍梓晨卻這樣問，他腦中想了無數個曾宇凡最近會接觸到的男人，但再怎麼想，也只有蕭旻言跟方天旗比較有可能。

「對你來說，我喜歡的人是誰，很重要嗎？」曾宇凡看著他，她感到自己的心臟正在狂跳動，握緊自己因為緊張而顫抖的雙手，「你會在意？」

「我……」霍梓晨語塞。

霍梓晨這樣的反應讓曾宇凡失落，再次確認這一次的戀愛將會是個苦戀。

她微笑了一下，開始轉移話題，「你是住哪一間啊？住這麼高，不怕懼高症發作嗎？」說著往前走了幾步。

霍梓晨見狀跟上她的腳步，直到抵達他的住處。

『所以，你們兩個孤男寡女的住在同一間房間，沒有發生什麼事嗎？』李懿瓴的聲音從手機的另外一頭傳來。

現在是中午用餐時間，曾宇凡將事情處理好後，幫部主任買了午餐送至門診，也為自己買了一個便當回到自己的辦公室裡面。

「沒有，洗洗就睡了，累了一天去吃飯聚餐，又遇到家裡被變態闖入的事情，神經緊繃了一整天，到半夜的時候簡直快要虛脫，我睡沙發他睡床，是能發生什麼事情啊？」

『等等，妳睡沙發他睡床？我有沒有聽錯？班長他怎麼會讓女生睡沙發？』

「是我堅持要睡沙發的，睡男人的床很怪欸！床上都是他的味道要我怎麼睡得著？」

『唉呦，講得好曖昧哦！妳是有爬上床聞過是不是？又怎麼知道都是他的味道？』

「李懿瓴，妳好煩哦！」

『哈哈哈，怎麼這麼說我，妳剛剛不是說妳發現自己喜歡他嗎？就乾脆一不做二不休，獵物就在眼前，直接爬上他的床啊！』

「這位小姐，妳是A片看太多是不是？老公還不能滿足妳嗎？」

『喂！不要亂扯到別的地方去，我是說真的，既然妳發現自己喜歡他了，趕緊跟他說吧！霍梓晨這個人嘛！智商高，情商是零啊！妳要是不說，他肯定不會知道妳喜歡他的。』

曾宇凡無言以對，默認到底，因為李懿瓴講得沒有錯，霍梓晨成績優異聰明絕頂，可面對感情的事情，他就是個笨蛋。

而且是笨蛋無誤！

「那我該怎麼辦？」

『直接告白啊！』李懿瓴的聲音聽起來很像在說教一樣，『妳高中都錯過他了，妳想再錯過一次嗎？』

「當然不想，但是他……他對我沒意思啊……明明知道戀愛是失敗的，又去告白，這會不會是一件蠢事？」

『怎麼會是蠢事？至少妳給自己一個交代了啊！高中時期怕東怕西的，以哥兒們的角色待在他身邊，確實，妳那時候確實待在他身邊了，但結果不如預期，你們沒有結果，而現在老天爺讓你們再度相遇，讓妳再度喜歡上他，凡哥，妳不就是要好好把握老天爺給妳的機會嗎？妳還要繼續怕下去嗎？繼續怕下去，妳將來只會後悔而已。』

李懿瓴說的沒有錯。

曾宇凡咬著下唇，正想回話的時候抬眸卻見到蕭旻言醫師一臉燦笑的站在門口那裡，她整個嚇到！

他、他他他是什麼時候就開始站在那裡的？

照理說這裡中午午休的時候都不會有人經過的啊！

而他……剛剛她跟李懿瓴的話他又聽了多少啊？

「欸，我先掛電話了，下班後再講。」她趕緊將電話給闔上。

見到蕭旻言醫師臉上的燦爛笑容，曾宇凡直覺對方應該聽了八成多了，唉，要死！怎麼會這樣子啊？都怪自己電話講得太投入，導致沒有發現有人站在門口。

蕭旻言舉起手指放置在唇上，比了一個噓字，再次微笑的說：「我想跟妳拿一下新的班表，上次班表借給護理師，她就再也沒有還給我了，妳這邊有多的班表嗎？」

「我重新印製一份給你，你稍等一下。」曾宇凡回答，見到蕭旻言臉上的燦爛笑容不曾消逝，現在的她只想找個洞躲進去永遠都不出來。

列表機的聲音響起，幾張紙從裡頭印了出來，曾宇凡將那些印好的班表釘上釘書機後，拿到蕭旻言面前。

「謝啦！宇凡。」他笑著說，轉身作勢要離去，曾宇凡當下有點傻眼，她反射性的叫住對方。

「等等！」她說。

「嗯？」蕭旻言微笑的看著她，連眼睛都因為微笑而瞇起。

曾宇凡輕吐了一口氣，「我……我就直接說了，剛剛我跟我朋友的電話內容你有聽到吧？」

「聽到什麼？」

「聽到談話的內容啊！」

「什麼樣的談話內容啊？」

「就是關於我喜歡霍梓晨的這件事情啊！」才一說完她立刻摀住自己的嘴巴，暗罵自己一聲笨蛋。

這下子就算剛剛僥倖的沒有被對方聽到，現在也被聽到了。

見曾宇凡這樣子，蕭旻言忍不住笑了，「宇凡，妳什麼時候變這麼可愛了？」

曾宇凡吐了口氣，往自己的額頭巴了下去，「別說我可愛，請直接說我蠢。」

蕭旻言又忍不住輕笑了起來。

「唉呦，別笑了啦！很尷尬欸……」

「用不著尷尬，喜歡一個人這件事情本來就正常，如果妳怕的是我會亂說出去，那妳放心好了，我會裝作沒聽見。」

「真的？」

「嗯，真的。」蕭旻言說完後拿起班表朝著曾宇凡揮了揮，「我現在得趕緊去開刀房，改天聊哦！」

「好，掰掰。」

結果，才怪。

蕭旻言在某次開會閒聊的時候，他脫口說出曾宇凡喜歡的人在醫院裡面，當下也不曉得為什麼會提到曾宇凡這個人，更不知道為什麼會講到她是不是單身，總之蕭旻言不小心說出來了，當然，這個所謂的「不小心」也不知道是不是故意的，但故意的機率占大多數。

要不是羅少菲跟曾宇凡聊到這件事情，曾宇凡根本就不知道有這件事情發生。她搗著腦袋，覺得頭開始有點痛。

雖然說部主任平常一副正經八百的樣子，但他有時候也挺八卦的，曾經還說要替曾宇凡介紹幾位好的單身醫師給她認識，而她當然都回絕了。

只能說好險醫院的生態不像以前高中的生態，八卦消息一傳可能整年級的人都知道了，關於曾宇凡喜歡的人這件事情，在外科部裡面根本就沒有延燒起來，大家聽聽一笑置之，完全沒有人有興趣追問是誰。

除了，那個還不知道自己是當事者的人。

「是誰啊？」霍梓晨應該有問五次以上了吧？「妳喜歡的人，真的不能告訴我嗎？」

「我告訴你做什麼？」面對霍梓晨這樣子的逼問，曾宇凡開始變得不敢讓他知道，一開始還信誓旦旦的要自己有勇氣去告白，千萬不要像高中時期那樣子不了了之，可面對霍梓晨的提問，她根本就不敢說了。

因為他越是問，曾宇凡越覺得自己沒任何希望。

「或許……我可以幫妳。」

「哈哈……不用你幫啦。」哈哈，搞笑嗎？她喜歡他這件事情是要怎麼幫？

這時候蕭旻言經過，見到霍梓晨也在秘書辦公室裡面，他探頭進來，也不知道是要找曾宇凡還是找霍梓晨，而曾宇凡再見到他的那一瞬間，無言的瞪了他一眼。
像是用眼神在說：不是答應我說裝作沒聽到的嗎？那怎麼又說出去了？
蕭旻言乾笑幾聲，誠心誠意雙手合十的朝她鞠躬，最後還朝她眨了一下眼睛。
「宇凡，有沒有覺得今天的我挺帥的？」他大言不慚地說，還摸了摸自己的臉。
曾宇凡拍了自己的額頭，聲音有點響亮，「麻煩你走開好不好？」她忍不住翻了白眼。
蕭旻言笑了幾聲，就真的這樣緩緩離去，笑聲還在外頭迴盪了幾聲。
霍梓晨納悶地看著他的行為，當蕭旻言離開後，霍梓晨說：「妳……喜歡的是蕭旻言嗎？」
曾宇凡聽了再度拍了自己的額頭，此刻真的很想巴他的頭，到底是要她講幾次啊？
她又翻了白眼。
「曾宇凡，妳不要喜歡他。」
「為什麼？」她耐著性子問。
「字面上的意思，我講得是白話文又不是文言文，很難懂嗎？」他蹙眉，眉宇之間透漏著曾宇凡看不懂得情緒在。
「你很奇怪欸！我知道你不太喜歡旻言醫師，但是他人並沒有差到哪裡去啊！文質彬彬、講話風趣，多少護理師都在偷偷討論他啊？」說到這裡她像是想到了什麼，不禁笑了，「該不會……你在忌妒對方人氣比你高吧？」

霍梓晨聽了一臉無語，「妳在說什麼啊？」

「哈哈哈，你就承認嘛！要我別喜歡旻言醫師，是因為想要拉攏我當你的粉絲，是嗎？」

「……什麼粉絲不粉絲的，我又不是明星，根本就沒有在搞這套。」

他是知道護理師好像將他跟蕭旻言成立了外科部型男醫師的粉絲頁，可他從沒有有點進去觀看過，因為他毫無興趣。

曾宇凡決定不想跟他繼續吵，她攤手。

「妳真的不願意告訴我嗎？」

曾宇凡抬眸，「霍梓晨，你是真誠的關心我？還是只是因為好奇而想知道？」

「都有吧，妳也這個歲數了，我蠻想幫妳的。」

聽到這句話，曾宇凡差點把手上的原字筆給折斷，什麼叫做這個歲數了？拜託搞清楚好不好？他們兩個同年紀欸！而且若真的要計較的話，他的年紀還比她大咧！拜託！

曾宇凡用力的吐了口氣，見到霍梓晨蹙眉盯著她看，她摸摸自己的頭髮，「好啊！你幫我，我喜歡的那個人在思考的時候容易蹙著眉，可是，右邊眉毛的眉峰卻挑著比左邊還要高。」邊說著邊摸著自己的眉毛。

哼，她就要看他到底是要怎麼幫她？

「妳就不能直接講對方的名字嗎？」他一頭霧水。

曾宇凡搖搖頭，「不行欸！我怕你會嚇到。」

是吧？如果他知道她喜歡的人就是他，不會被嚇到才怪……

霍梓晨沉思了一下，用種奇怪的表情看著她，問：「他有符合妳的條件吧？不然妳怎麼會喜歡上他？」

「霍梓晨，這個人很意外的並不在我的條件範圍裡面，雖然條件很重要，但對我來說，在我的愛情世界裡，感覺比條件還要來的重要。」

霍梓晨聽了微微愣住，曾宇凡看到他右邊眉毛處輕輕的挑著，不覺得苦笑，再度自問著自己，究竟重新喜歡上霍梓晨這件事到底是好還是壞？

第九章

高中時期，曾宇凡自從被李懿瓴發現她喜歡的人是霍梓晨後，曾宇凡就開始變得小心翼翼的，她不想讓這份珍藏已久的暗戀被其他人發現，所以每一個時刻她都過得很謹慎。

上課不再敢偷偷望著他，與別人談起他的次數也漸漸的減少，可她還是依舊與霍梓晨要好，她成功的在別人眼中成為霍梓晨的好兄弟。

「凡哥，妳真的沒有打算跟班長告白嗎？」李懿瓴在某節體育課的下課時候悄悄問她，她們兩人站在樹蔭下，其他同學有些人在操場上活動，有些人跟她們一樣閒聊著天，體育老師也沒有管得很嚴，放任學生摸魚。

曾宇凡搖搖頭，「目前沒打算。」

「妳不害怕他跟別的女生在一起嗎？」

「當然害怕啊！」她咬著牙，整張臉垂下，「但我更怕的是……我跟他再也不是朋友了。」

回想起那些有跟霍梓晨告白過的學妹或是學姊，通通都不曾再次出現在霍梓晨的面前，而班上有跟他告白過的女同學，也都因為尷尬而不敢開口與他說話。

曾宇凡才不想這樣子呢……

「妳是凡哥欸！霸氣一點啊！像這樣子。」李懿瓴邊說突然勾住她的脖子，臉靠近她，微微的氣息吐在她的臉上，「霍梓晨我喜歡你。」說完還作勢要親上去。

李懿瓴在要吻上她的前一公分處停下，雙眼望著她，「這樣啊！不是很簡單嗎？」

曾宇凡搖搖頭，「別鬧了啦……我怎麼可能敢……」

她就是不敢，即便外表看起來像是男生，講起話來也是挺直接的，可是對於坦承心意，曾宇凡瞬間就變成了膽小鼠，想找個洞躲起來。

沒錯，她持續的躲著，躲到了快要高中畢業，那時候的心情實在掙扎，好不容易下定決心真的要告白了，卻發生那樣的事情，曾宇凡實在欲哭無淚。

回想起來，高中的她確實膽小，而現在呢？她是要放手一搏嗎？

曾宇凡想像著她一步一步的走向穿著白袍的霍梓晨面前，當霍梓晨臉上懵然看著她的時候，她微微踮起腳尖，伸手勾住他的脖子，往自己的方向勾過來，然後直率霸氣的對他說：「霍梓晨，我喜歡的人就是你！」

然後……？要吻上嗎？

光是這樣的幻想曾宇凡也不免臉紅了，若加上要吻上，她的心臟估計要跳出來了吧？

由於這樣子的胡思亂想，讓曾宇凡無預警遇到霍梓晨的時候，她不禁不敢看他的臉，只要盯著他看，她的視線就會不小心飄到他的唇上，天啊！她有這麼飢渴嗎？這樣子的她好像變態一樣啊啊！

一瞬間的幻想，造成她一瞬間的失措，高跟鞋不知道怎麼一回事突然往前滑出去。

「妳走路看路。」霍梓晨一手強而有力的抓住她的手腕，用冷靜的語調說著，他目光淡淡地看著她，眼中不知道是不是曾宇凡看錯，沒有想到他竟然會不吝嗇把一絲絲的溫柔給她。

「我沒事。」站穩後，曾宇凡說，她試圖要給他一個微笑，可是她知道自己現在的笑容有點僵硬。

「笨蛋。」沒有想到霍梓晨卻在下一秒鐘往她的額頭敲了一記，趁著她瞪大眼睛愣住的時候，他經過她身邊，與她擦身走過。

曾宇凡摸著自己的額頭，呆了幾秒鐘，接著轉過頭一副不敢置信地看著霍梓晨，是她想太多了嗎？他……他不會是發現了吧？

為什麼會這麼想的原因是因為在高中的時候，曾宇凡與李懿瓴太過於要好，好到甚至會互相摸著對方的頭跟頭髮，對曾宇凡來說，她覺得要好的朋友摸髮摸頭不會怎麼樣，甚至有時候她也會直率的摸著霍梓晨的頭髮，霍梓晨有一頭柔軟的黑色秀髮，摸起來很柔順很舒服。

可霍梓晨卻覺得這樣的行為彆扭，有一次曾宇凡不知道講到什麼好笑的事情時，她伸手摸了一把霍梓晨的秀髮，霍梓晨當下微微皺眉，下一秒鐘他告知曾宇凡沒事不要亂摸別人的臉或是髮。

「小氣鬼啊？我跟你一樣有兩個眼睛、一個鼻子、一個嘴巴的，還不是都一樣，不開心的話我讓你摸回來啊！」

「這地方很敏感的。」他說的同時伸手朝著曾宇凡的臉摸去，一隻手指停留在她額頭的一公分距離前，明明沒有碰觸到，曾宇凡卻覺得額頭部位發麻著，這樣子的酥麻感擴展到全身，最後她忍不住打了顫。

「會癢，是吧？」他笑著，「我連碰都沒有碰上妳就會覺得癢了，那我碰上了還得了？」

曾宇凡無言的瞪著他，不知道怎麼反駁。

「每個人相處的方式確實因人而異，但往往就是因為這樣子經常被人誤會，摸髮摸臉是情侶之間會做的事情，妳跟李懿瓴要好到可以互相這樣子做，但別人眼裡……會覺得妳們兩個是一對的欸……」

曾宇凡咬著下唇，沒有說話。

「懂、嗎？」他輕輕地敲了她的額頭，這下子真的碰上去了，當霍梓晨的手離開她額頭的時候，曾宇凡心中有股奇怪的感覺，好像有一點點的甜蜜漾開，可是她裝作沒有發現，不能發現的啊！她不能讓他發現她喜歡他啊！

「我是示範給妳看，平常我不會敲別人的頭的。」霍梓晨說。

「為什麼？」她的聲音不自覺地變沙啞。

「就跟我剛剛說的一樣啊！脖子以上的部位很敏感，沒事不要亂摸對方的髮或是臉，除非妳喜歡對方，額頭也不行！剛剛我只是示範，平常男生覺得女生可愛，會輕輕地敲她的額頭，但也是用另外一種方式訴說著：他喜歡她。懂嗎？」

「你只對你喜歡的女生這樣子嗎？」

「當然啊！」霍梓晨一臉『妳在說廢話嗎？』的表情。

這樣的話讓曾宇凡謹記在心，導致於高中有的時候還無聊觀察著霍梓晨有沒有摸別位女同學的頭，結果觀察下來都沒有任何發現。

曾宇凡是邊搖著頭邊走回自己辦公室的，想太多了，她一定是想太多了。那是高中時期的霍梓晨曾經對她說的話，不代表現在的霍梓晨也是這樣想的。

摸了摸剛剛被彈的地方，那裡不知道怎麼的竟然微微燙著，是霍梓晨彈得力道太用力，還是她自己因為想太多而臉紅？

拜託，自己別再想了好嗎？

然而，好像有什麼地方變了，霍梓晨出現在曾宇凡面前的次數增加了，以往就算是經過秘書辦公室，但只要沒有事情霍梓晨根本就不會去找曾宇凡，而現在就算沒有事情，他也都會探頭進去看她正在做什麼事。

對曾宇凡來說，霍梓晨的行為確實有點詭異，難不成他也喜歡她嗎？

對霍梓晨來說，他的確是想多看看曾宇凡，看她有沒有跟蕭旻言攪和在一起。

所謂當局者迷旁觀者清啊。

「宇凡，最近霍醫師問了我一個很奇怪的問題。」在某次會議結束後，羅少菲與曾宇凡兩人留下收拾，她突然這樣說。

曾宇凡納悶地看著她，「什麼問題啊？」

「他問我……我們外科哪位醫師思考的時候會蹙眉，然後右邊的眉峰會挑得比左邊還要高一些。」聽到這裡，曾宇凡心裡一驚，心臟漏了拍子，不禁停下手邊的工作看著她，不由自主的秉住呼吸，聽著接下來的話。

羅少菲沒有發現任何不對勁的繼續說著：「我當時看著他，我就說：不就是你嗎？你是故意要自戀問我這件事嗎？」

若是平常的曾宇凡聽著也許會覺得好笑至極，但現在的她卻是覺得無言至極，除了無言外，她內心也不禁開始緊張起來，本來就有打算要讓對方知道了的想法，但她還是覺得緊張。

「然後呢？霍梓晨還有說什麼嗎？」

「他問我，蕭醫師也會這樣子嗎？」羅少菲說著搖了搖頭，「我不知道他到底想幹麼欸……」

聽到這話，曾宇凡真的是徹底無言到極點了。

該說霍梓晨是白癡嗎？確實，他真的是個白癡無誤！

唉！他怎麼就是一直以為她喜歡的人是旻言醫師啊？

曾宇凡摀著那有點抽痛的頭，覺得沒轍，她想不到有什麼方法可以跟這位高智商低情商的人溝通了。

當與羅少菲收拾好一切後，羅少菲突然靠了過來，用有點神祕的表情盯著她，「一直沒有這個機會問妳，我聽說妳喜歡的人是我們這裡的同事，雖然妳之前否認過是霍醫師，但……其實就是他吧？」說完，帶點八卦的表情笑了一下。

曾宇凡緩緩的眨了眨眼睛，給予自己一個深呼吸，用力的吐出，牽強的笑容泛出，又帶點害羞的意味點了頭，卻又有點哭笑不得，「是他沒有錯。」

「啊？」羅少菲有點驚訝，倒是沒有想到曾宇凡會坦承。

「但是……妳也看到了。」她依舊是哭笑不得的表情，「他是個大笨蛋啊！」而且還笨到有點誇張。

「跟情商笨蛋相處，真的有點辛苦。」羅少菲下了這個結語，這更讓曾宇凡的無奈感加重了。

當這兩位女生正在會議室裡頭講著悄悄話的同時，外科部一群剛剛離開會議室的醫師們邊走邊聊著天，理論上因為被討論著耳朵應該要癢的霍梓晨，雙眼盯著正因為聊天內容而開懷大笑的蕭旻言。

他搞不懂為什麼一堆女生會喜歡上像蕭旻言這樣只出一張嘴的人，不僅是那群年輕的護理師妹妹，現在就連他有些在意的曾宇凡也是。

霍梓晨自己也是莫名的開始在意起曾宇凡的，尤其當得知昔日同班同學方天旗在追求她的時候，他心中更是覺得詭異，胸口有股說不出口的悶氣在。

好像那些人都無法匹配起曾宇凡一樣，但有誰能匹配起她呢？這個問題的答案他又不曉得。

「兄弟，你有話要對我說吧？」蕭旻言笑咪咪地看著霍梓晨，霍梓晨面無表情的看了他，隨後搖搖頭。

「沒有。」他說。

「是跟曾宇凡有關的事情嗎？」蕭旻言又問。

「我都說沒有了。」霍梓晨逕自的往他的辦公座位走去，白袍因為他走動的關係飄了一下。

他在自尋煩惱。

煩惱著那些不存在的事情。

蕭旻言不禁覺得好笑，尤其是看他鑽牛角尖的模樣，他壞心的覺得好笑。

結果這一整天下來曾宇凡都沒有看到霍梓晨人出現在她的辦公室，這幾天明明就算沒事做也會來看她一下的，她咬著下唇，拿起公文收發處的文件，整理了一下後往住院醫師辦公室走去。

霍梓晨的座位上空無一人，若沒有記錯，曾宇凡猜想他人應該是在開刀房裡面。也是因為在意起他，才會刻意的將他一整個星期的所有行程都記在腦海中。

可是一想到他的那些笨蛋想法與笨蛋行為，曾宇凡真的很想上前去抓住他的醫生袍領子，兇巴巴的對他指責說他是笨蛋，然後說她喜歡的人就是他啊！

唉……

高中時期暗戀讓她難受煩惱，現在也是，好像每個時期都會因為戀愛而煩惱，因為都在胡亂猜想著對方的想法，明明只要上前確認就會知道答案的，可是就是沒有那樣子的勇氣上前去做確認。

但也由於這樣子，錯過了機會。

曾宇凡無奈的搖著頭，走出了住院辦公室，此刻，她的手機響起。

方天旗三個字顯示在她的手機螢幕上，曾宇凡愣了愣，蹙眉，不知道自己要不要接起這電話。

因為覺得尷尬，她並不喜歡拒絕別人的感覺，對她來說，拒絕當情人的男生還是可以繼續當朋友的，可因為對方的情意在，相處起來非常的不自在，有時候都會有尷尬的時刻。

而此刻，也是最為尷尬的時刻。

給予自己深呼吸，沉重的吐了口氣，她接起電話，「喂？」

『曾宇凡，我來跟妳要答案了。』方天旗第一句話就直接開門見山的說，曾宇凡愣了愣，對他的直接給弄了傻愣，可是卻也覺得莫名的暢快。

是啊！與其扭扭捏捏的，不如直接暢快點會比較好。

她微笑著，「方天旗，你應該……有稍微猜到我會給你什麼樣的答案了吧？」

『曾宇凡，我這麼風度翩翩，這麼好的男人妳該不會要拒絕我吧？』

「風度翩翩？」她的聲音有了笑聲，此時見到霍梓晨人從遠處緩緩的走來，她無意識的收起笑容，聲音也無意識的變小聲。

『我打擾到妳了嗎？對吼！妳現在還是上班時間，我看我晚一點再打給妳好了。』方天旗察覺她的不對勁。

「沒啦！我可以講電話，醫院裡面沒有管這麼嚴啦……」

『但——』

這時候，經過她身邊的霍梓晨淡淡的瞥了她一眼，曾宇凡忍不住說：「方天旗。」此刻她莫名的想要引起霍梓晨的注意力。

而霍梓晨在聽見這名字的同時愣了一下，可他沒有表現的很明顯，眉宇之間微微擰起，又很快的鬆開，但他腳步變慢了，還刻意豎起耳朵想要聆聽曾宇凡與方天旗之間的對話。

「對不起，我有喜歡的人了。」曾宇凡對著電話的另一頭說著，猜想著此刻霍梓晨聽到會有什麼反應，可是她又偏偏不敢轉過頭去看他。

『曾宇凡，妳拒絕了一個好男人，不然，幫我介紹對象好了，行吧？』他的話讓曾宇凡不自覺地笑了聲，然而，這笑聲卻讓霍梓晨聽了莫名的覺得不是滋味。

又說了幾句話後，曾宇凡闔上了手機，轉頭見到從剛剛就一直站在旁邊的霍梓晨，她歪著頭，用帶點疑惑的表情看著他。

「怎麼了？」她故意問。

「沒……妳最近可真紅啊！不少男人在追妳。」

「不少男人？沒有啊！不就只有方天旗一個嗎？而這個方天旗在剛剛前幾秒鐘被我拒絕了，現在……零。」她舉起手握拳，呈現鴨蛋。

「嗯……」他淡淡的回答，這麼冷漠的回應讓曾宇凡不滿，握拳的手不禁更加用力。

見到霍梓晨的右邊眉峰輕挑著，曾宇凡耐著性子，雙手盤在自己的胸前，「聽說你跑去問少菲外科部裡面有哪位男人笑著時候蹙眉，然後右邊的眉峰會挑比較高，是嗎？霍梓晨，你那麼想知道我喜歡的人是誰啊？」

「我好奇。」

好奇？又是這個答案，真的只是因為好奇嗎？

這是曾宇凡心中的疑問，也是霍梓晨現在內心中問自己的話，自己真的只是好奇嗎？然後呢？知道她喜歡的人是誰之後他能做什麼呢？

曾宇凡深呼吸，很想翻白眼，她摸著自己的太陽穴耐住性子問：「我就問你一個問題，很簡單的一個問題，如果我跟其他男人交往了，你會有什麼感覺？」

「什麼？」霍梓晨卻一臉茫然，「為什麼要這麼問我？」這讓曾宇凡徹底想往他臉上揮一拳。

「還什麼？」內心一把火被點燃，曾宇凡真心覺得霍梓晨是個大笨蛋大白癡，她話都說這麼明顯了啊！不對，她低估了他的情商，他的情商可沒這麼高啊！

簡直生氣！

她往他的方向邁出腳步，腳上的跟鞋在發亮的醫院地板顯得清晰，叩叩叩的響起，最後曾宇凡她停在霍梓晨的面前，一把抓住他身上醫生袍領往她的方向扯來，瞪大眼睛的看著對方，用著不敢置信的語氣說：「你真的有這麼白癡這麼笨嗎？我的暗示都已經那麼明顯了！你不是還去問少菲了嗎？那你怎麼就這麼不確定不相信我喜歡的人會是你？白癡！我喜歡的人就是你啦！白癡——」

所有的怒氣都轉化成那幾句的白癡，霍梓晨人整個愣了住，曾宇凡放開他的衣服，再度罵一句：

「氣死我了，你這白癡。」

緊接著她瀟灑的轉身回自己的辦公室裡，剩下霍梓晨愣住在原地，他的腦中一片空白，所有的思緒都停止了思考。

腦中想起曾宇凡的一顰一笑，自從重新見面後他的目光就時不時的被她吸引著，他不知道自己喜不喜歡她，但如果真的像曾宇凡剛剛所說的那樣——如果她跟別的男人交往了，他會有什麼樣的感覺？他會感覺相當不自在啊！

是否自己在某個他沒有意識到的瞬間就對她動了心？

而這內心的悸動感好像已存在很久了……

他回神後往曾宇凡的辦公室走進，可她人現在正在跟部主任講話，霍梓晨有點失措的站在門口，想離開也不是，不想離開也不是。

當曾宇凡走出部主任辦公室的時候，終於等到這片刻的他二話不說的拉起她的手，趁著曾宇凡還沒有反應過來的時候將她拉到附近的茶水間裡。

「欸欸欸，你幹麼啊？」曾宇凡被他的行為嚇到，杏眼睜得很大。

「妳說的是真的？」他雙手放在她的肩膀上，失措的神情顯得他現在很緊張。

狹小的空間中兩人的氣息交疊，曾宇凡整個人被他鎖在他與牆壁之間，她睜大眼睛微微的喘著氣，

「……假的。」

「啊？」

「跟情商白癡相處會變白癡，我看我還是離你遠一點好了。」她趁機吐槽，並轉過頭想離開這個小空間。

霍梓晨將她拉回，表情很認真的問：「到底是真的還是假的？」

「霍梓晨，你真的讓我非常的不爽！你就這麼不相信我會喜歡你嗎？是怎樣？我曾宇凡不能喜歡你啊？醫師很了不起是不是？覺得我配不上你是不是？你是在逼問我什麼？」她相當生氣，因為生氣而推了他胸口一把。

「我不是這意思……」

「最好不是！」她又用力推了他一把，悶著氣想回到自己的座位上，想藉由工作來忘卻因為眼前這位白癡而引起的怒氣，「你，霍梓晨，你給我閃邊去！我現在不想看到你！」

凶巴巴的大分貝語氣響起，霍梓晨抓著她掙扎的雙手，「妳冷靜一點。」

「我偏不要。」她哼了聲。

霍梓晨悶哼一聲，想都沒有想的，低頭往曾宇凡的唇吻上。

這個吻瞬間將所有的暴動都撫平，吻很快的就結束，幾乎不到一秒鐘的時間，曾宇凡嚇到，瞪大眼睛一臉不敢相信的看著他。

「我莫名的在意妳。」霍梓晨說，聲音聽起來平靜，「所以我才會想知道妳喜歡的人是誰，才會想知道妳的一切，我不是白癡，我是不敢相信。」

「不敢相信……什麼？」

「不敢相信一切變好的妳會喜歡我。」

是啊，為什麼一切都變好的她會喜歡上他？高中時期的青春蛻去，為那青澀的臉上染上了成熟與美麗，以及過去沒有的自信，她變得這麼好，怎還會喜歡上他？

曾宇凡看著他的臉，感受到他沉重的吐了口氣，眼前這個男人不知道在緊張什麼，有點慌張，有點失措，可是好像又有點可愛？

接著她不自覺的笑了出聲。

「笑什麼？」

「沒有……霍梓晨，你知道……你現在在壁咚我嗎？」

霍梓晨看著他放置在她兩側的手，剛剛是想壓住她肩膀的，吻完後不由自主的壓在牆邊。

「看在你……嗯，看在你還知道要壁咚我的份上，好吧，我收回剛剛對你罵的白癡。」本來要說看在你吻我的份上，但氣氛尷尬，曾宇凡剛剛展現出來的霸氣突然消逝，因此難以說出口。

霍梓晨聽了擰眉，見到她輕咬著下唇。

她現在就像個小女人一樣，窩在喜歡的人的懷中，兩人靠得很近，彼此的呼吸聲與氣息都可以感受的到，她的雙頰感到有些麻木，因為害羞的關係眼珠子已經不敢直視著霍梓晨，當然也不敢看著對方那微微滾動的喉結，屬於男人的成熟魅力離她這麼的近，她是要如何是好？

霍梓晨輕輕地抬起她的臉，曾宇凡的雙眸中有一絲失措，他見此便輕笑了一聲，氣勢被扳回一成。

「原來妳會害羞？」

不說還好，一說出口曾宇凡的雙頰簡直被粉色染料給染上，一片紅潤，她又不能胡扯說是剛剛補妝不小心把腮紅補太多，「我……」她語塞，頭無意識的想低下迴避他那強烈的視線，卻又礙於臉被他的手抬著。

於是她抬起手，想推開他那輕放在她臉上的手，那粗糙屬於男性的皮膚觸感從她手上傳來，一陣微微的酥麻感蔓延至全身，曾宇凡微微愣住，眼睛睜大茫然的看著他。

「霍梓——」

「停，不要說話。」霍梓晨再次低下頭，不偏不移的吻上那稍微張開的紅唇，曾宇凡遲了一秒鐘才閉上眼睛，這人是因為剛剛她罵了他好幾聲白癡，想要證明自己並不是白癡才這樣嗎？

溫熱的唇相疊，近乎要將對方的所有氣息都吸入一樣，曾宇凡的手不自覺的環上他的腰際，就只是為了要讓自己更加的貼近他。

霍梓晨捧著她的臉，輕輕的吻著，就像是碰一個易碎品一樣小心翼翼的對待。

兩人吻著吻著，突然間，不知道是誰的手機響了起來，打斷了這樣的溫存，彼此驚嚇的分開，表情又紛紛訝異又尷尬地望著對方。

「你……是你的手機。」曾宇凡輕咳了一聲，目光往旁邊飄移，不自覺的摸上自己紅潤的臉頰。

「……好。」霍梓晨摸了摸口袋，因為緊張的關係試了幾次手機才被他從口袋中拿出來，「喂？……好，我馬上過去。」

講沒幾句話就闔上手機，他望著曾宇凡，薄唇抿了一下，好像有話想對她說。

「是開刀房打來的吧？」曾宇凡不解他現在的表情，「那你還不快點去？」

霍梓晨眨了眨眼睛，凝視著她，手輕輕地摸了摸她的臉。

「嗯，那我走了。」說完，他理了理身上的醫生袍，又看了她一眼才離開茶水間。

他一離開，曾宇凡整個身子的力氣像被抽光了一樣地蹲在地上，她的雙眼瞪得很大，摸著自己剛剛被吻過的唇，有點不敢相信剛剛發生的那一切。

這……這怎麼感覺像是在作夢一樣？

才剛剛拒絕方天旗，因為不爽霍梓晨那顆木頭就直接表白了，又因為霍梓晨的反應太讓她覺得他是白癡，氣急敗壞地不想理他，然後……然後她就被他抓來這裡了？

曾宇凡的臉爆紅，感到超級害羞的，待在茶水間裡好一陣子才肯離開。

接著一天下來，心神不定，時不時的回想起茶水間的那個吻，不知道第幾次想起的時候，曾宇凡瘋狂的搖著頭，要自己認真做事。

好不容易撐到下班，她趕緊收拾東西，打算去慢跑，想藉由著汗水讓自己不要瘋狂的想起那個吻。

打卡下班後，提著包包才剛走到醫院門口，就被人從身後的拉住，曾宇凡無意識轉過頭看是誰，卻見面霍梓晨一臉面無表情的臉。

「幹、幹什麼？」她差點咬到自己的舌頭。

做什麼？她是在緊張什麼啊？

「下班了怎麼不跟我說一聲？」霍梓晨微喘著氣，由於在跟診的關係，身上還穿著乾淨的醫生袍，在經過醫院大廳的時候就看到這熟悉的身影，想都沒有想的就追了上來。

曾宇凡滿臉納悶，想都沒想的就直接說：「我……我為什麼要跟你說一聲啊？」

這句話卻讓霍梓晨愣了住，他整個無語，拉扯的手放了開，一時之間不知道要回什麼話。

反應過來後，曾宇凡這才敲了敲自己的頭。

「那個……」兩人異口同聲。

「你／妳先說……」整個窘樣，周圍的氣氛異常尷尬。

霍梓晨抿了唇，有點無奈的語氣，「曾宇凡，我……我以為妳是我的女朋友了。」

曾宇凡眨眨眼睛，有點無辜的看著他，「你……你要我當你的女朋友嗎？」

「如果不，我幹麼吻妳？」

「誰、誰知道……」

霍梓晨對她的回應相當不滿，「如果今天吻妳的是蕭旻言，妳是該再三確認他對妳真心的，還是風流於妳。」

這話聽起來可真酸，曾宇凡也不是省油的燈，她微微蹙眉，「霍梓晨，你在吃醋啊？」

「我──」立刻語塞。

這樣的反應讓曾宇凡忍不住笑了出來，「原來之前頻頻要我離蕭旻言遠一點，是因為你在忌妒、在吃醋？」

霍梓晨無語。

「說話啊！」

「我沒有吃醋，純粹不喜歡妳靠近他。」這擺明的就是吃醋啊！還不肯承認？

曾宇凡臉上的笑意更加的深，奇怪，怎麼覺得今天的霍梓晨特別的可愛？讓她好想捉弄他一番哦。

「所以、到底──」他臉上的表情有點無奈，「曾宇凡，妳要不要當我女朋友啊？」

當醫師都這樣，不喜歡拐彎抹角，要就直接坦然，何必浪費時間？

「你要我當你女朋友啊？」她說：「但你又沒追我。」

「追？」他楞然，一臉不明所以的表情，「妳不是喜歡我嗎？」

「喜歡你不代表要跟你交往啊！有些人就是喜歡單戀一個人的感覺。」

霍梓晨的表情沉了下來，他右邊的眉峰挑起，表情是帶點無奈的楞然，又帶了一些有點不知所措的失落感。

曾宇凡見狀，發覺自己惡整成功後伸出手拉著他醫生袍上的白領，身子往他靠近後踮起腳尖很主動的將自己的臉湊上，「我開玩笑的，我才不喜歡單戀呢！」說完，她輕啄他的薄唇。

高中時期單戀過他很久很久，前陣子又開始單戀，拜託，單戀難熬，她不喜歡單戀的感覺啊！

下一秒霍梓晨便捧起她的臉，想化被動為主動，才吻不到幾秒鐘，曾宇凡卻赫然拍打他的手臂，趕緊離開他身上。

媽呀！差點忘記他們兩人站在醫院的大廳，人來人往的，早就被一堆病患、護理人員還有別科的醫生看在眼底，眾人紛紛燦笑著，不知道是哪個人先拍起手，其餘的被感染了這份欣喜，大家一起拍手祝賀。

「霍梓晨，我不想這麼高調啊……」曾宇凡臉上僵笑著，實際上偷捏著霍梓晨的手臂，要他趕緊想辦法。

「妳先親我的。」

「我——」

「安靜。」他拉著她，穿越人群，往電梯的方向走去。

「為什麼要搭電梯？」曾宇凡問。

「我送妳回去。」他說著，邊把自己身上的醫生袍給脫下，露出裡面的深色襯衫，深色襯衫襯托出他那完美的體格。

「我可以自己——」

「我想送我的女朋友回去。」他說，低沉且富有磁性的聲音搭上這句話，在安靜的電梯門附近聽起來格外的好聽，空氣中都有著甜味，又加上霍梓晨臉上的溫暖笑容，讓曾宇凡一時片刻忘了回嘴。

不過她也無法回嘴，因為霍梓晨說完後，為了彌補剛剛在大廳上那被打斷的吻，他一手放在她的後腦勺，一手溫柔的摸著她的臉，低頭往她的紅唇吻上。

曾宇凡閉上眼回應他的吻，心中欣喜，覺得感動萬分。

還好她這次有勇敢的說，還好她丟棄了高中時期的膽小與懦弱，還好她開口告訴他：她喜歡他——

第十章

醫院的生活還是一樣忙碌，每段的人生階段都有責任，當學生的責任就是要好好的讀書考試，邁入職場的責任就是好好地完成老闆囑咐的話，然後領薪水。

這天曾宇凡待在部主任的辦公室，由於部主任要準備出國開會，在醫院裡若醫師要出國參加研討會，除了請公假，也要送國際研討會的公文給醫院上層，部主任簡單的告知飛機的班次跟研討會日期後，曾宇凡點了頭，轉身正打算要出去的時候，部主任突然冒出了一句話：「妳跟霍醫師在交往嗎？」

這一瞬間曾宇凡的身子整個定格住，她緩緩地轉過身，一臉僵硬。

因為她不知道是要承認，還是否認，不是有些公司都禁止辦公室戀情嗎？更何況部主任是他們老闆，若知道的話他會說什麼？

都怪前幾天在醫院大廳的那個吻，若在場沒有任何外科部的同仁，她覺得也會被其他部的同事看到，然後流言蜚語，就這樣流傳到部主任的耳裡。

曾宇凡的小腦袋瓜閃過了各式各樣的劇情，有一幕的劇情是她咬著手帕臉上滿是淚水悲憤的奪門而出，哭喊著沒有霍梓晨她活不下去。

唉，等等，不是這樣子的啦。

見到曾宇凡人失措，一臉不知如何是好的模樣，部主任笑了笑，「有嗎？你們不是在大廳那裡閃瞎大眾嗎？」

果真是大廳的這件事情，看來想要低調真的是一件不可能的事。

曾宇凡乾笑，「部主任，我跟霍醫師是高中同學啦……」

「真有緣啊！什麼時候結婚？別忘了告訴我，我會包大一點的紅包。」

「呵呵……謝謝部主任。」謝什麼謝？是要結什麼婚啊？八字都還沒一撇好嗎？他們才在一起一個多禮拜而已啊！

總之，幾乎所有外科部的人都知道了，當初蕭旻言將曾宇凡喜歡的人在外科部裡的這風聲傳出，這個傳言沒有多久就消逝的無影無蹤，甚至還有人問說曾宇凡是哪位人士，只因為曾宇凡是小小的秘書，外表也沒有特別亮麗，加上就職沒有多久，而這次呢？

由於這次謠言其中一個主角是霍梓晨，是外科部裡總散發著清冷氣質的俊俏男人，他單身很久，因為帥氣的外表當然也有不少護理師喜歡，可他對於她們通通沒興趣，很愛一個人行動，顯個孤傲，卻又散發著迷死人的魅力。

因為霍梓晨的名氣，跟他有關的謠言幾乎襲捲了整個外科部，不僅是病房、門診、開刀房，甚至是行政體系的教學室、人資處也都知道了這個消息，就是外科部裡面的冷漠帥氣男子被人捕獲走了啊啊。

曾宇凡嘆口氣，覺得頭有點抽痛。

「妳跟霍醫師決定要結婚了？」一個女聲從門口傳來，曾宇凡嚇了一跳，一看是羅少菲，拍了拍自己的胸口。

「沒有啦……是部主任在開玩笑。」她自己也沒有想到自己竟然成為了被老闆揶揄的對象。

「可是年紀差不多啦！二十八、二十九歲，剛好是適婚年齡欸！妳不結婚妳要等什麼時候？」

「少菲，連妳也在鬧我……」曾宇凡哭笑不得。

「好好把握啊！妳也知道醫院裡面不僅是外科部，就連內科部的那些護理妹妹也都在肖想著霍醫師，心中肖想不敢行動也就算了，可真的採取行動的那些呢？上次還有一位比較勇敢的妹妹直接送便當給他表達愛意欸！妳都追到手了，幹麼不乾脆結婚，把婚禮辦一辦昭告全天下的人霍醫師是妳曾宇凡的人啊。」

曾宇凡笑到臉都僵了，羅少菲怎麼變得跟她母親一樣啊？

「咳。」門口傳來咳嗽聲，是蕭旻言，「我無意打擾，只是來問有沒有我的信件，最近學會那邊跟我說有信件要我注意。」

「我下午才會去總務處收信，到時候幫你看看。」

「好，那妳拿到後直接放我桌上。」雖然這麼說，但蕭旻言那一直勾起的微笑卻直刺著曾宇凡的眼，好啦好啦，他也是要來揶揄她的是不是？有沒有同事愛啊？

「你這嘴角！笑成這樣子，很有事欸。」曾宇凡抬起手直接指著他的嘴唇。

「哦？」蕭旻言一臉無辜的表情，「宇凡，妳第一天認識我的時候就應該知道我很愛笑了。」

「……」

「微笑是祝福，難不成我要哭給妳看？這樣多唱衰啊！」

「哈哈哈哈。」蕭旻言的話讓羅少菲笑了笑，她將手上的資料夾往他身上一打，「難怪霍醫師要將你視為敵人，時不時的就來鬧宇凡，要是我是霍醫師，我也真想把你給轟走。」

「少菲，天地良心好嗎？我每個人都愛鬧是很公平的，又不是只特別愛鬧宇凡。」他說：「有趣的是，宇凡當初明明死命地說跟霍梓晨之間不會有什麼的，完全否認到底欸！可現在卻好上了，是不是要分享一下給大家聽聽？」

「我……」想到自己當時衝動的告白，曾宇凡不自覺的紅了耳朵，她不想回答，於是低頭假裝忙碌，「我要忙了，有很多事情要做，沒空跟你們閒聊。」說完擺了擺手，將自己埋沒在一堆文件裡面。

「有人拍到妳跟霍梓晨在醫院大廳擁吻的照片欸！」蕭旻言說，拿著手機滑了滑，好像真的在看照片，一旁的羅少菲因為好奇湊了過去。

「唉喲———」羞死人了，曾宇凡將他手上的手機給搶了過來，可是蕭旻言的手機裡頭哪有什麼擁吻照片，只有狗狗照片，這讓曾宇凡瞬間黑臉。

羅少菲翻了白眼。

蕭旻言忍著不笑出來。

曾宇凡瞪著他，想直接將他的手機往他臉上砸，最好這樣一砸使他變成面癱臉他就再也笑不出來了。

中午時刻，曾宇凡與霍梓晨兩人約好晚一點再一同前往員工餐廳，由於謠言的關係，這幾天只要一起吃飯周圍總是有幾位同仁朝著他們竊竊私語的，滿面八卦，霍梓晨不以為意，平常他高冷自清，周圍的閒言閒語他不會在意，加上他身上散發著冷漠的氣息，足以降低了那些閒言閒語的分貝量。

可曾宇凡就不一樣了，她覺得那些像蚊子般的細小聲音很吵，明明只有一兩位同仁的目光在他們身上，她卻覺得所有人都在看她，明明只有一兩位同仁在討論起他們，她卻覺得全世界所有人都在討論他們，她好不自在。

曾宇凡抿著唇，看著對面的人，這個瞬間霍梓晨的心思則是在別的地方上，由於才剛剛結束一場手術，而在這場手術的過程當中他還被主治醫師唸了幾句，他想著剛剛手術的過程，湯匙盛起來的那口飯僵在半空中好久好久。

曾宇凡盯著他在深思的帥氣臉龐，不得不說霍梓晨就連在發楞的時候魅力也是直達百分百，這是因為情人眼裡出西施的概念嗎？

被他盛起來的那口飯，米粒顆顆分明，有的因為燈光的關係閃爍了白光，看起來就是非常可口的一口飯，也有可能是因為此刻被霍梓晨這位男神拿的關係。

曾宇凡沒有想太多，覺得若他不吃，給她吃，可以吧？

一有這個想法後，她伸手抓起他的手腕，將那口飯往自己的嘴送來，霍梓晨因為她的動作瞬間回神，看著曾宇凡坐在對面津津有味地吃著他的飯，他聲音沙啞：「啊？」

「吃飯就好好吃飯，不要東想西想的。」她也用湯匙挖了一口飯，作勢要往他嘴裡送去，「啊——」她像是在餵食小孩一樣的要他張口。

霍梓晨微微蹙眉，倒是沒有抗拒這樣的相處行為，對他來說，曾宇凡想怎麼樣就怎麼樣，他能做的就是好好的對她。

「我餵的，有沒有特別好吃？」曾宇凡滿意的看著那口飯被他吞下肚，微微一笑。

「不是一樣嗎？」他一臉不解。

唉，只能說霍梓晨是顆大木頭，情商還是低分，即便開始談起戀愛了，還是這麼的不解風情。

「哪有，我餵得比較好吃吧？」

「不是一樣來自同一個便當嗎？」他還是說出同樣一句話，惹得曾宇凡只能對他放棄治療。

罷了，他就是這點可愛，若霍梓晨像蕭旻言那樣子幽默風趣油嘴滑舌的，曾宇凡猜想天估計要下起紅雨了，而且若他真的這樣子，她也不會再次喜歡上這個男人。

他就是這麼的實在，雖然冷漠，卻有著他獨特的真誠待人方式。

「你剛剛在想什麼？」她問，歪著頭一臉好奇。

「想剛剛的手術。」他挖起自己的飯，學曾宇凡剛剛那樣子餵她。

曾宇凡咀嚼著，覺得他這樣現學現賣的行為很不錯，「那你猜猜我在想什麼？」

「妳？」

「對啊！」她的下巴輕靠在手關節骨上，期待著他的回答。

只是這位依舊不解風情的人，竟然回答說：「我不是妳的蛔蟲啊！」

「哈哈哈。」曾宇凡乾笑幾聲，「我，在想你。」

霍梓晨愣住。

曾宇凡吐了吐舌頭，繼續說：「我在想你很辛苦。」說完她趁著霍梓晨愣住的時候捏住他的臉頰，「醫生嘛！就是辛苦，也很有壓力，開刀過程都需要很謹慎，而且手術剛剛才結束，趁著最有記憶的時候回想剛剛好。」她放開他的臉頰，摸了幾下，「辛苦你了，但還是要記得吃飯，千萬別讓自己餓肚子了。」

她的話宛如春風的陽光，柔軟了霍梓晨心中的某處。

見到她的燦爛笑靨，霍梓晨心中似乎輕輕的顫抖了一下，內心一陣暖意蔓延至胸口處，讓他的每一口呼吸都是那麼的暖，那麼的甜，那麼的動心。

他不自覺的站起身，走到曾宇凡身邊將她從座位上拉起。

「等等，不是還沒吃——」她的話還沒說完，整個人落入了一個懷抱中。

千言萬語無法形容霍梓晨現在的感受，他的手溫柔的放在曾宇凡的後腦勺，輕柔的柔摸著她的順髮，鼻子吸取著屬於她的芳香，另外一隻手放在她的腰際處，將她整個人往自己的胸懷中貼近，幾乎想要此生就這樣與她之間沒有任何距離。

曾宇凡在他懷中楞然，腦中思考著剛剛自己是說了什麼大不了的話嗎？

但現在此時此刻要思索的好像不是這件事情，因為她聽到了手機拍照的聲音，轉過頭真的看到有穿著白袍的同仁拿著手機對著他們，最要命的是在人群中曾宇凡也看到了羅少菲與蕭旻言兩個人，羅少菲驚訝的張大口，蕭旻言則是笑著。

「霍梓晨，你……你放開我啦……現在在餐廳欸……」她掙脫，小手打了他幾下，拉扯著他身上的白袍。

霍梓晨這才回神，慌張地放開她，滿臉失措的看著周圍的人，由於實在尷尬至極，索性沒吃完的飯也不吃了，他趕緊拉著曾宇凡的手離開現場。

先前是大廳，現在是餐廳，到底是要閃瞎多少人的眼？

曾宇凡納悶地看著他的背影，「你怎麼了？」

見霍梓晨抿著唇，目光漾出了少見的柔情，他的手溫柔的撫摸著曾宇凡的臉頰，深深地凝視著她，想要將身上所有的溫柔與呵護都毫不保留的送給她，他淡淡的笑著，「宇凡，能遇見妳，真好。」

剛剛那體貼的話語聽在霍梓晨的耳裡，似乎將心中深處那許久的荒涼之地灌溉了水，又或是下了場溫柔的雨，無聲無息的溫柔觸動到他的心。

曾宇凡還是滿臉納悶，微微嘟起唇，啞然的看著他。

霍梓晨傾身下去，輕吻上她的唇，一記柔軟的香吻印上，又很快地離開。

他對她微笑，留戀著摸著她的長髮，「我先去忙，若沒吃飽妳留下繼續吃。」柔情又帶點不捨的看了她一眼，他轉身往另外一個方向走去。

剩下的曾宇凡呆呆愣住，她不懂剛剛是發生什麼事情，這霍梓晨怎麼從一個呆呆笨笨的大木頭中突然開竅一樣？

感覺到自己的手臂被勾起，下一秒羅少菲輕靠著曾宇凡的手臂，「我第一次看到這樣的霍醫師欸……天啊……好深情啊……」

曾宇凡附和，「我也是第一次看到他這樣子……」

木頭是被雷打到，轉性了啊？可是最近又沒下雨，哪來的雷啊？

「宇凡，我好羨慕妳啊！」羅少菲搖著她的手臂。

曾宇凡雙頰有點麻木，害羞低頭要她不准再取笑，只是剛剛餐廳所發生的事情，估計又要成流言蜚語了。

『恭喜啊！捕獲我們班班長的凡哥，有沒有心得要跟我做分享啊？』估計李懿弫的開心程度比起其他人是大上好幾倍了，她在高中時期就知道曾宇凡暗戀著霍梓晨，知道她的痛苦與掙扎，知道這段戀情最後因為她的不勇敢而不了了之形成遺憾，而如今，遺憾消逝，轉變成了驚喜與祝福。

「我現在有點不適應，霍梓晨在醫院的出名程度大於我的想像，我沒想到他粉絲這麼多欸……」外科部型男醫師粉絲頁最近鬧轟轟的，因為霍梓晨這個高冷的俊男竟然栽在一位小小的秘書手上，曾宇凡覺得自己在跟一位大人物交往著。

『什麼啊？這是小事吧？她們這群迷妹們只能遠觀而不能褻玩焉，但凡哥妳可不一樣了，妳不僅可以近觀，還可以大肆的玩他，任意摸著他全身上下，每天的夜晚夜夜高笙啊！可以恩愛到睡不著覺吧？』

「妳講什麼十八禁的東西？」曾宇凡臉紅，懊惱的責備電話另外一頭的李懿弫，只可能李懿弫無法看到她臉紅的模樣，不然她可以放肆的嘲笑她，反正閨密就是屬於損友的一方。

『都成年這麼久了，妳以為妳還是高中生啊？聽到十八禁還會害羞？』

「別鬧了啦……」

『我沒在鬧，我在為妳開心啊凡哥。』李懿弫的聲音變得沉穩，每一個字都是那麼的柔和以及充滿著喜悅，『當初令妳感到惆悵難過的初戀，如今被妳給找回了，而且妳是找回了幸福，不是找回當初的悲傷。』

曾宇凡聽了沒有說話，如今想起高中時期暗戀著霍梓晨的那段時光，就好像是遙不可及的夢一樣，她像所有的女孩一樣都有著暗戀某個人的回憶在。

『不過，我覺得……凡哥，妳要不要跟班長坦承說妳高中曾經暗戀過他啊？』

「啊？」

『我好想看看當他知道這件事情的表情是怎麼樣喔……』電話的另一頭充滿了笑聲。

「妳這樣說……好像真的挺有趣的欸……」

『哈哈，一有消息，立刻回報啊！』

「知道啦，妳就是八卦。」

『我這是關心好友。』

很奇怪的，那傷心的回憶片段，曾宇凡如今想起來已沒有任何遺憾感，更沒有心碎感，她一笑置之，笑自己過去的傻，但就是因為傻，就是因為失去過，才知道珍惜著此刻。

這個假日霍梓晨需要值班病房，曾宇凡在家覺得無聊透頂，想了想便決定要去醫院找霍梓晨一起用餐，這時候她才覺得交了個男朋友真好，至少假日吃飯的時候不用覺得孤單。

他們交往後經過蕭旻言的大嘴巴，以及部主任某次在晨會上開玩笑的數落要曾宇凡注意起霍梓晨的生活居家，加上還有其他同仁的閒話家常，跟外科部粉絲頁有同仁在討論，幾乎全部外科部的人都知道霍梓晨與曾宇凡兩人在交往。

原本想要低調點的，最後曾宇凡打消了這個念頭了。

加上他們在醫院大廳跟餐廳裡發生的那些事情，他們根本就不可能低調。

也因為大家都知道了，她也沒有要避諱或是要隱瞞什麼了，於是她直接大方地走進住院醫師辦公室，直接坐在霍梓晨的座位上等著他出現。

她脫掉了鞋子，裸著腳靠在椅背上，整個姿態輕鬆慵懶的模樣，因為無聊開始玩起霍梓晨的電腦，看著霍梓晨電腦上的桌面，她突然一時興起，拿起自己的手機插上傳輸線，將自己的照片傳輸到電腦裡，之後偷偷的更改他的電腦桌面。

嘿嘿嘿，給他一個驚喜。

只是這時候的曾宇凡並不知道自己這樣的行為在未來某天害到了自己。

大約等了三十分鐘，穿著白袍的霍梓晨出現在住院醫師辦公室，連同另外一位住院醫師劉醫師，他看到曾宇凡坐在霍梓晨的座位，有點無奈的搖搖頭，直說自己也想回去陪陪老婆。

「妳等很久了？」霍梓晨問。

「還好，三十分鐘而已，我剛剛用你的電腦打發時間。」曾宇凡看著他嘻嘻笑，眼神充滿著笑意，

「辛苦啦！剛剛巡視病房嗎？」

「對，跟病人家屬溝通了好一陣子，所以才延誤了時間。」他的口吻溫和，因為自己的遲到而有些

歉意。

「嗯，我知道這是難免的。」曾宇凡完全可以體諒，她從他的座位起身，接著兩人一前一後的離開辦公室。

一離開辦公室兩人的手就自動的牽起，霍梓晨摸了摸她的髮，看曾宇凡的眼神充滿了溺愛與疼愛，曾宇凡則是用頭磨蹭了他的臂膀幾下，顯現情侶之間的親暱。

進了員工餐廳，點好了餐也拿了餐點，兩人找了空位坐下。

「霍梓晨，有件事情……我想跟你說，反正我也沒有打算要繼續瞞著你。」

「瞞我？什麼事啊？」霍梓晨的動作一頓，「……我還沒碰妳，妳可不要跟我說妳懷孕了。」

「哈哈哈……」曾宇凡乾笑幾聲，立刻板起臉，「不好笑。」聽了好想扁他。

「真的不好笑啊？」他摳了摳臉，對自己的幽默度信心受創。

「對，不好笑。」順便給他一個白眼。

「好吧……妳剛剛要跟我說什麼事？」

「你知道……我高中時期喜歡過你嗎？」

「……我知道，有耳聞，當時好像是方天旗跟我說的。」

曾宇凡見他態度平靜，不禁蹙眉，接著說了下去：「但是你當時……不相信啊……」

「我沒有不相信啊。」

「你有。」她的肩膀垂下，雖然現在對於那件事情已經不會再有任何的遺憾了，可是一想到還是會覺得失落感有點大，「因為當時你以為我喜歡的是女生，不是嗎？」

霍梓晨聽了將原本拿著的叉子輕輕的擱在盤子上，「宇凡，我說過了，我真的沒有認為妳喜歡女生，這個念頭我一次都沒有過。」

曾宇凡聽了不信，她同樣也將叉子擱在盤子上，「我知道事情都已經過去，現在提出來不是要跟你爭什麼，而是想讓你知道……我高中的時候喜歡過你，可是……當時的你因為一直以為我喜歡女生，我知道了非常難過，原本想要跟你告白，最後放棄了這個念頭，因為就算說了我也不會有望的，你……當時只把我當哥兒們啊……」

「等等，曾宇凡。」霍梓晨的眉打成結，「妳為什麼會覺得我以為妳喜歡的是女生？」

「你跟方天旗說的，當時我在旁邊不小心聽見了。」

「聽見了……什麼？」

「方天旗高中的時候就是白目，總之那時候我跟懿瓴在討論你的事情，不小心被他聽了見，於是他自己跑去跟你說我喜歡你的事情。」講到這裡曾宇凡要自己耐住性子慢慢的說：「但你那時候很冷酷的回了話，說：怎麼可能？曾宇凡喜歡的是女生欸！她怎麼可能會喜歡我？」曾宇凡還學起霍梓晨當時的冷漠，學完後她嚥了口口水，「是我自己親耳聽見你這麼說的，你還想否認啊？」

霍梓晨思索著那些回憶的片段，眉頭先是蹙著，最後微微睜大眼睛，他表情有些失措的看著曾宇凡，「……那是假的。」

「啊？」

只見霍梓晨的手摸向自己的眉宇間，嘆了口氣，「我終於知道為什麼高中快畢業的時候妳態度這麼冷漠了……」

「當時知道你一直用那樣子的眼光看我，我不想理你啊……」她解釋，「一方面是因為不想讓你知道我在難過，另一方面是不知道怎麼繼續跟你相處啊……」她嘆口氣，手托在下巴處，「就是這樣子囉！好歹我也是女生欸……知道你一直這樣想我，你要我怎麼繼續跟你相處下去啊？」

霍梓晨看著她，手覆上曾宇凡的手，屬於他的溫度從掌中傳來，一點一點的染進曾宇凡的手背上，讓她覺得被一股溫柔包覆著。

他說：「誤會大了，當時方天旗告訴我妳喜歡我的時候我是開心的，因為我當時對妳也有好感，我會這樣回他是想制止他到處去說這件事情，加上……我覺得告白這件事情應該是由男生來說，而不是女生，但方天旗的白目程度妳也知道，這是我逼不得已想到的方法……只是我不知道卻被妳聽了見。」

曾宇凡愣住，一臉不敢置信地看著他，「所以……那不是真的？」如果是這樣子，那她的那些傷心又算什麼？她的那些眼淚又算什麼？

「不是真的。」霍梓晨說，同時將另外一隻手也包覆著她的另外一隻手，「我當時也很喜歡妳，可妳後面態度變了，讓我難以靠近，就算我想和妳說話妳也都躲著我，讓我不知道怎麼跟妳相處，更別說是要跟妳告白了。」

她整個愣住，這才知道當年的事情是一個天大的誤會，想到過去的那股委屈與難受，她感到了鼻酸，眼淚不自覺地流了出來。

「妳不要……妳不要哭。」霍梓晨見到她流淚，心慌的站起身抹去她的淚水，「是我的錯，我不該那樣對方天旗說的。」

「霍梓晨……你真的是個大白癡……」她兩行淚水滑落，青春歲月的那道傷痕在她心中是難以抹滅的，有時想起來還是會難過，因為初戀印象深刻至今難忘，可沒想到卻是個誤會。

「對不起，妳不要哭。」見曾宇凡的淚水變得更多，霍梓晨開始慌亂了，他兩隻手失措的停在半空中，胡亂飛舞，最後拿起桌上的餐巾紙替她擦拭淚水。

曾宇凡只哭了一下下，眼淚很快的就乾了，她嘟起嘴，除了覺得霍梓晨是白癡，也覺得自己是個白癡。

如果當年任一方勇敢的上前坦然，是不是他們就不會繞這麼一大圈才在一起？這簡直是命運的捉弄。

午餐結束，霍梓晨送曾宇凡走出醫院大門，他拉了拉她的手，「別難過，明天帶妳出去玩，要嗎？」

「你說的哦。」

「我說的。」他說，端看著曾宇凡，他淺笑著：「這件事情讓我不得不相信命運，妳會不會覺得老天爺讓我們重新相遇重新相愛，就是為了要彌補當年我們的錯過啊？」

「霍梓晨，你什麼時候變這麼浪漫了？」曾宇凡說：「我跟你當同事是巧合。」

「喜歡上我也是巧合嗎？」

曾宇凡的目光看向遠方，「是啊……巧合，甲方喜歡乙方是巧合，乙方也喜歡甲方才是命運。」

「所以，是命運了？」他垂下眼，貪婪的眼神盯著曾宇凡看，這眼神極為溫柔，溫柔中又帶點佔有，他此刻好想永遠把曾宇凡綁在自己的身邊不讓她與他分開，最好兩人都黏緊緊的像連體嬰一樣。

「命——」曾宇凡輕咳一聲，「霍梓晨，我不是個浪漫的人，但這麼一說，好像真的是這樣子。」說完她歪著頭，雙手放進牛仔褲的褲袋中，這動作顯得帥氣，又有女性的魅力。

霍梓晨輕笑了一聲，捧著她的臉，低頭傾身一吻，曾宇凡傻愣的看著他，「霍梓晨，你現在整個完全不避諱欸……」她慌張的左看右看，幾位在醫院門口附近的病人悠然經過，沒有人注意他們，「這裡是醫院門口欸。」她眼睛瞪大。

第一次是在醫院大廳，第二次是在醫院餐廳，這次是在醫院門口，拜託，到底是在做什麼啊啊？何必這樣閃瞎大家的眼呢？大家來醫院是看醫生的，不要讓他們順便掛眼科好嗎？

「妳不喜歡我吻妳？」他問。

「不是，我不是這個意思，我意思是要看場合……」曾宇凡說：「我知道你現在很喜歡我，喜歡我喜歡的要命，可是……也別這樣子啊……考慮一下周圍那些人吧……」

「周圍那些人怎麼？」他將她擁在懷中，兩人的身子緊貼在一起，嘴角蔓延著笑意，鼻尖幾乎快要碰上她的。

「你──」曾宇凡覺得自己錯了，霍梓晨不是大木頭，此刻他簡直把所有的柔情與溫柔都獻給了她，就只想好好的疼愛她。

這樣曾宇凡不自覺的臉紅，因為害羞而麻木，也因為霍梓晨這樣子的行為而傻愣，或許沉睡了千年的木頭其實是個價值非凡的神木？

「我什麼？」他說，鼻尖碰上她的，屬於他的氣息就這樣噴到她的臉上，挺曖昧的。

「霍梓晨，那天如果我沒有抓著你跟你告白，你會打算跟我告白嗎？」

他沉默，墨色的雙眸中波動了一下。

「我不會直接說，但我會暗示。」

「我那些明顯的暗示你都聽不懂了，你暗示就保證我能聽得懂？」她直接給他白眼。

「妳一定能懂，我會像妳高中那時候一樣，在我沉睡的時候偷親我。」他說，眼裡有著笑意，「我會選在妳午休的時候，去偷親妳。」

頓時曾宇凡的眼睛瞪大，「等、等等，為什麼你會知道這件事？」當時四下無人，就連李懿瓴也不知道這件事情，而霍梓晨當時不是在睡覺嗎？為什麼……為什麼他會知道她偷吻了他啊？

「我休息時間會選擇不趴睡，就是怕自己會睡死，闔眼靠著背睡覺都是淺眠，任何的聲音我都有聽見。」

曾宇凡有點愣愣地說：「所以……你那時候就知道了？」

「對，我那時候就知道妳喜歡我了，也知道妳跟李懿瓴會偷偷討論我。」

這樣子的話讓曾宇凡啞口無言，事情完全不是她所想的那樣子，怎麼整個顛倒過來？

「你既然喜歡我那你怎麼不跟我說？」這樣他跟她也就不會繞這麼一大圈了啊！

「我說過了啊！當我想告訴妳的時候妳的態度變了，讓我不知道怎麼跟妳相處，妳拒人於千里之外，我又怎麼讓妳知道？」

曾宇凡抿著唇，複雜的情緒湧上心頭，可是想了想，若高中時期不是有那些誤會在，她現在又能這麼勇敢嗎？

徐徐時光中，會遇到許多人，但能遇到也是喜歡著自己的人真的很不容易。

離開了擁抱，道別後霍梓晨轉身走進醫院大廳，自動門開啟又關起，那白袍的身影又突然轉過來凝視著她，眼神透漏著不捨。

曾宇凡朝他揮手，給了他一個燦爛的笑容，同樣也是不捨地離開。

明明兩個人天天見面，怎麼一談起戀愛，卻不捨這短暫幾個小時的分開？

第十一章

霍梓晨與曾宇凡兩人的交往除了延燒整個外科部，就連昔日的高中同學也都延燒到了，兩人明明都沒有說，這消息也不知道是誰傳出去的，總之造成群組裡面一陣轟動。

『曾宇凡，妳破碎了我醫生娘的美夢。』吳夢娜說著丟了一個生氣的貼圖，顯示著此時的憤怒，她當然是開玩笑的，因為馬上就說：『很閃嘛！那換我閃給你們看！』說完後丟了一堆她與男朋友的親暱照片，兩個人抱在一起，一下是男吻女，一下是女吻男，一下是吻額頭，一下是吻臉頰，一下又是吻唇。

這樣子的照片又惹來班上群組的騷動。

『吳夢娜，妳是故意藉此想要放閃的吧？夠了哦？』

『我瞎了啦！眼睛好痛。』

『哈哈哈，希望大家都可以撥空參加哦！』吳夢娜丟了一個哈哈大笑的表情貼圖，接著是喜帖的照片，這喜帖照片又惹來大家瘋狂的騷動。

『什麼啊！妳要結婚了啊？』

『恭喜啊啊啊啊！』

『我故意要鬧班長的，我根本就不想當醫生娘。』吳夢娜又說：『當醫生娘的人肯定常常獨守空閨，曾宇凡，辛苦妳了。』

『……』霍梓晨留言。

曾宇凡見到群組的熱絡，邊看邊笑，忍不住發出了笑聲。

「宇凡，別笑了，趕緊準備要去開部務會議了。」羅少菲的聲音傳來，曾宇凡這才趕緊將手機給放進口袋裡。

「妳怎麼笑成這樣子？」

「高中群組裡的留言實在太好笑。」原來群組昨晚這麼熱絡，她竟然沒有跟上，實在太可惜了，於是她又快速的將手機拿出來丟了一張恭喜的表情貼圖，之後趕緊專注於會議上。

一個月一次的部務會議，曾宇凡漸漸的熟悉醫生們的快速步調，因為第一次的教訓，之後第二次、第三次她都明白要錄音，於是她將手機開啟錄音模式，輕輕的將手機放置在桌緣，低頭開始記錄起每位醫師講話的重點。

輪到霍梓晨報告的時候，他將自己的筆電接上投影機，一接上後，曾宇凡當時更換的那張桌面照片立刻呈現在眾人面前，是她燦笑的自拍照，眾多醫師們一看到便開始起鬨，只有霍梓晨態度冷靜的微蹲著身子點著滑鼠打開檔案。

曾宇凡傻了眼，看霍梓晨的態度如此從容不迫，可見他早就知道她偷偷更換他電腦桌面的事了。

「咳。」部主任輕咳了一聲，這些此起彼落的聲音瞬間消逝，而曾宇凡早就抬不起頭了，只想躲在桌子底下不願出來見人。

有夠丟臉的。

當初只是要鬧鬧他，結果他竟然就這樣沒有更換回去，還欣然接受。

事實上霍梓晨當天就發現了，身為醫師本來就常用筆電查看資料，當他看到桌面照片被曾宇凡更改成她自己照片的時候，他不禁笑了，覺得這女孩真夠可愛，因為喜歡著她的笑容，加上現在又是女朋友的角色，也就沒有想要換掉的想法。

「好，各位同仁。」他沉穩的聲音引起大家的注意，「我這次要講的主題是——」

曾宇凡默默的將主題記上，頭越來越低。

直接給她一拳打暈了好不好？

還好醫師們夠正經，開玩笑歸開玩笑，認真還是會很認真的，也是有可能因為部主任這位領頭在的緣故，其他主治醫師跟住院醫師不敢再鬧。

曾宇凡最後漸漸的抬起頭，看到霍梓晨一臉認真的神情報告著投影片上她看不懂的英文文獻，她眨了眨眼，覺得眼前的這個男人簡直完美無瑕，更甚至她有了個想法：天啊！眼前這位男神真的是她的男朋友嗎？

閃閃發光的光輝籠罩在霍梓晨的身上，她實在不敢相信他是她的男友啊！

一個小時的部務會議結束，曾宇凡低頭快速收拾東西，部主任交代了一句要她替他買咖啡後，快步離去，而其他的醫師們也一一的離開，只剩下曾宇凡與羅少菲兩位秘書。

「霍醫師是故意的吧？真是的，你們談戀愛就談戀愛，一直刺激大家的眼睛，有點討厭啊……」羅少菲說，這樣曾宇凡有點歉意。

「我……我也不知道他怎麼就沒有把電腦桌面照片換回去……」要怪，就怪她自己吧，但當下也沒有想這麼多啊……

「我得問問其他位醫師，看醫院裡面有沒有比較推薦的眼科醫師，大家一起去看診不知道有沒有特惠價啊……」

「少菲，妳就別取笑我了……」她也不是故意的啊啊。

等等有時間去找霍梓晨好了，要他把桌面照片改回原本的樣子，別鬧了好嗎？她真的很想低調一點，雖然大家都知道他們在交往了，但還是不想惹人注目啊……

「會議記錄還順利？」

「嗯，順利，等等回到秘書室再把錄音檔全都聽過一次就可以全都補齊。」曾宇凡說，將收到的咖啡杯全部集中拿去茶水間清洗並回收。

雖然曾宇凡與霍梓晨兩人交往甜蜜蜜的，但偶爾還是會有爭吵的時候，這第一次的爭吵是因為碰上了曾宇凡的生理期，女性的生理痛會造成女性的情緒煩躁不堪，做什麼事情都不順心。

爭吵的原因很小很小，就只是因為霍梓晨請曾宇凡下午三點後幫他買杯咖啡，但曾宇凡經痛，心不在焉的沒有聽進去，隨意回應了一聲好，霍梓晨以為她聽見了，忙碌一陣子回座位卻沒有看到咖啡，他蹙眉，走進秘書辦公室裡面。

「我的咖啡呢？」

「什麼？」她一臉不解。

「妳不是答應說要幫我買咖啡？」他問。

「有嗎？有這回事？」

「有，中午跟妳吃飯的時候，我說妳下午三點的時候可不可以幫我買杯咖啡，妳聽到了還說好。」

由於生理痛，曾宇凡懶得回憶起，擺了頭，吐了口氣，「咖啡而已，不會自己去買啊？或是茶水間有咖啡機就自己去泡啊……」

「我確實可以自己做，但如果妳沒有辦法做到，妳就不應該答應我的。」他的臉沉了下來。

「霍梓晨，你現在是在教訓我？」頓時之間，因為用力而下體一陣洪流，曾宇凡悶哼了一聲。

這個月明明生活作息都好好的，怎麼這次的生理期這麼痛？

只是霍梓晨沒有發現她臉色慘白，擺起了臉，「我才講幾句話而已就是在教訓？」

曾宇凡沒有理會，低頭開啟抽屜拿出裡面的衛生棉，抽出一片快速的放進口袋中，霍梓晨並沒有見到她拿出了什麼，單單的覺得她故意做起自己的事情，刻意不理會他。

「宇凡，我說的話妳有沒有聽見？」他耐住性子，要自己不要不耐煩，純粹就事論事。

曾宇凡從座位上起身，淡淡的瞥了他一眼，什麼話也不說的經過他身邊要往廁所的方向走去，霍梓晨愣住，上前從身後抓住她的手，「欸，我們明明在說話妳怎麼先走人？」

「放手。」曾宇凡面無表情的說，單單兩個字顯示著她此刻有的殺氣。

見霍梓晨沒有要放開她的意思，她用力的抽出她的手，頭也不回的離去。

霍梓晨看著她的背影，雖然早知道曾宇凡是個很有個性的女人，但直接這樣子甩開他的手未免也太沒有禮貌了吧？

他又仔細想了想這件事情，咖啡沒買確實是小事，但既然答應了人，不是就要做到嗎？若做不到也講一下，不就好了？

非常理性的頭腦做出這樣子的分析，他雙手盤在胸前，站在秘書室處等著曾宇凡，他知道她是要去廁所，知道她等等就會回來的。

果真，當曾宇凡臉色蒼白地走回來，看到霍梓晨人還站在那裡，她冷漠的說：「你怎麼還在這？」

「我們剛剛話還沒講完。」

「不就是只是一杯咖啡嗎？」曾宇凡不耐煩，「你要的話我泡給你嘛！又不是沒有手，不會自己來嗎？」說完她往茶水間走去，按了咖啡機，當咖啡正在沖泡的時候霍梓晨也走了進來，他神色冷漠，全身散發著冰冷的氣息。

「好了！」曾宇凡將泡好的咖啡擱在茶水間中央的桌子上，冷冷地看了他一眼，轉過頭就要離開，霍梓晨再度抓住她的手臂，不准她這樣就走。

「你還想怎樣？」她不悅的看著他，彷彿下一秒就要火山爆發。

「妳在發脾氣？」霍梓晨輕聲的問，每個字卻冷到讓人彷佛置身在冰天雪地中。

「我哪敢啊。」她無力抽出她自己的手，兩個人你瞪我我瞪你的，好像非要有一方被殺的片甲不留才行，周圍的空氣整個僵住，一絲絲的小聲音都在此刻放大。

「明明就在發脾氣，還說沒有？」霍梓晨說。

曾宇凡沉重的吐了口氣，「霍梓晨，我不想跟你吵，咖啡也幫你泡好了你還想怎樣？」

「……妳口氣就不能好一點嗎？」

「你口氣也沒多好啊！」曾宇凡扯出她的手，頭也不回的離開茶水間。

好吧，若要說是誰的錯，好像是她的錯，她全然忘了自己有答應要幫霍梓晨買咖啡這件事，生理痛作祟，惹得她脾氣不太好。

坐回辦公桌後，她從最底下的抽屜拿出熱水袋充電，將熱水袋放置在小腹上，想藉此讓自己舒服些，忍著疼痛，她強迫自己專注於電腦螢幕裡，偏偏今天又一堆事情要處理，簡直搞得她一個頭兩個大。

當女生，真麻煩……

生理痛就算了，又偏偏遇到一堆鳥事，好不容易將一堆鳥事處理好後，她看了看時間，已經超出下班時間又多十分鐘。

她的手指拉下百葉窗片往外看了看，天色已有些暗，昏暗的天像張牙的黑色惡魔一樣，壟罩在整座城市上空，底下一堆人趕著下班離開。

曾宇凡伸了伸懶腰，將熱水袋放置在桌上，打算再去廁所一次。

在她去廁所的時候，霍梓晨前來找她，吵架歸吵架，還是得送她回家，探頭卻沒有看到她人，見包包還在應該只是暫時離開，當霍梓晨要收回目光的時候，他發現桌上的熱水袋。

微微愣了一下，才意識到今天曾宇凡的脾氣是受到生理痛影響。

他不是女生，自然沒有體會過那有多痛，但好歹也是醫學系的，知道有些女生生理痛痛起來會痛不欲生的。

他沉思著，此時曾宇凡緩慢的走回辦公室，見他堵在門口的，一手扠著腰冷語以待：「霍梓晨，擋在這裡做什麼？」

霍梓晨對上她的眼，雙手輕放在她的雙肩上，「妳在這裡等我一下。」丟下茫然的曾宇凡後轉身快走離開。

曾宇凡雖然納悶，可還是聽他的話待在座位上等著，過沒多久，霍梓晨手上拿著一杯熱巧克力出現，小心翼翼的擱放在曾宇凡的辦公桌上。

「很痛嗎？」他的語氣變得溫柔，不像剛剛下午那樣的冷漠。

曾宇凡抬眼愣住，原來剛剛的離開是因為要去買熱巧克力給她啊？

「你知道我生理痛？」她的氣因為他這小小的貼心行為而消了大半。

「平常沒有人會抱著熱水袋吧。」

「……」

「可以走嗎？還是要我抱著妳去停車場？」

抱？

千萬別！

「不用，我可以自己走。」曾宇凡起身，腹部已經不像下午那樣子的痛，但她仍然動作緩慢走著，霍梓晨配合她的腳步緩慢的走在她身邊，伸出手從後輕靠著她的腰際，護著她走。

走到一半，曾宇凡看著他，「你還因為今天下午我沒幫你買咖啡的事情生氣？」

「沒有。」他說。

「真的？」她懷疑。

「真的，這小事情而已，不需要氣這麼久，我可沒這麼幼稚。」

「……但你還是幼稚過了。」

「……」

「好啦沒事，我也有錯。」曾宇凡勾住他的手臂，對他笑著。

見到她的笑容，霍梓晨抿著唇，輕柔的揉了揉她的髮。

「不錯，兇巴巴的，這樣妳一個人了我也不怕妳會被受欺負。」

曾宇凡失笑，「我從來沒有被人欺負的份，只有我欺負別人的份在。」

霍梓晨瞇起眼，沒有說話，並不想跟她爭什麼。

他們跟一般情侶一樣，甜蜜中會帶點爭吵，但吵完後又適時的各退一步，偶爾會有情緒，可是他們選擇寬容，偶爾會有吵架，但他們會站在對方的立場為對方著想，甚至講好吵架要當天吵完，不可以延續到隔天。

因此，兩人雖然會吵架，但感情一天比一天還要好。

曾宇凡在醫院當了三年多的秘書，與此同時，霍梓晨是住院醫師第四年，這時候的曾宇凡已經將所有的行政事務都摸得清清楚楚的，剛好遇上羅少菲請產假的日子，所有的事物都落到了曾宇凡的手上，使她變得比平常更加的忙碌。

幾天下來，曾宇凡疲倦的趴在桌上，評鑑資料惹得她頭快要爆炸，以往都是跟羅少菲兩人一起合力弄的，現在只剩下她一個人在打仗，讓她幾乎快要虛脫。

她揉了揉自己的肩膀，想藉此放鬆，最後伸懶腰，輕吐了一口氣。

她鮮少加班，偏偏遇到每個月要準備給學會資料的時候都會小小的加班，都會拖到晚上快八點才能離開。

「宇凡。」霍梓晨人站在門口，柔情的眼神盯著她看，「要離開了嗎？」

「嗯，差不多了。」她拿起包包，將辦公室的門鎖上。

兩人牽著手往地下停車場走去。

曾宇凡打開副駕駛座的車門，一坐好後變闔眼休息。

「宇凡。」霍梓晨進入駕駛座坐好，開口叫她的名字。

「嗯？」

「那個……現在要去餐廳了哦？」

「……好。」她喃喃的回應。

曾宇凡想到早上霍梓晨跟她說為了紀念交往三週年，晚上想吃大餐來慶祝一下，雖然說有些女孩子會在意什麼紀念日，但曾宇凡不一樣，她的個性偏中性，大刺刺的直率，根本就不會在意什麼紀念日，但既然霍梓晨如此有心，她也欣然接受。

「我先闔眼一下，到了再叫我。」她說：「真的有點累。」

「嗯，休息吧。」

曾宇凡沉沉的入睡，沒有多久，車子緩緩駛入一家餐廳，在停車場停好車後，他輕輕地搖醒曾宇凡。

「到了。」

「好。」曾宇凡起身，看著輝煌的餐廳，招牌閃閃發光，她微微一笑，轉身看著身邊的霍梓晨，「梓晨，我不得不讚賞你一下，你真的很有心。」

霍梓晨應了聲，搔搔頭，顯得有點不好意思。

兩人一同走進餐廳裡，曾宇凡沒有注意到的事情是：霍梓晨悄悄地給了服務生一個眼神。

是的，他今天要求婚。

不想將求婚現場搞得太華麗，但又想帶點浪漫與驚喜的元素，於是他請餐廳的人將求婚戒指藏在最後一道甜點裡面。

即便曾宇凡疲累到想睡，可還是撐著眼皮，餐點一道一道的上來，兩人吃得津津有味，直到最後一道的甜點上來時，霍梓晨突然開始覺得緊張。

他抿著唇，又鬆開唇，又抿著唇，眼睛直盯著曾宇凡面前的烤布蕾。

這時候的曾宇凡拿起湯匙，開心地往烤布蕾挖了一口塞進嘴裡，她的表情洋溢著甜美幸福，「好好吃哦……好久沒吃甜食了。」

霍梓晨輕笑了一下。

「你怎麼不吃？」曾宇凡指著放置在他面前的巧克力蛋糕，兩人的甜點點了不一樣的東西。

霍梓晨說：「我不吃甜的，這個給妳吃。」

「你想胖死我啊？」曾宇凡說：「那我是不是烤布蕾吃一口就好了，這樣才能吃蛋糕？」說完，他的目光看著霍梓晨前方的那塊巧克力蛋糕。

這句話讓霍梓晨緊張，他輕咳了一聲，連忙改口，「巧克力蛋糕我留一口給妳，其餘的我幫妳吃掉。」說完，他拿起叉子開始挖蛋糕吃。

曾宇凡笑了笑，「你又不胖，本來就該多吃一些。」

霍梓晨悶哼一聲，眼珠子緊張地盯著那塊烤布蕾。

天啊！他真的好緊張啊！

從來沒有求婚過，不知道求婚該念什麼詞語，昨天熬夜上網做足了功課。

「你是不是想吃我的烤布雷啊？我看你一直盯著它看，想吃的話給你挖一口啊！」

霍梓晨差點被嘴裡的那口巧克力蛋糕給噎到，他咳了幾下，「沒有，我沒有想吃，妳吃就好。」

「真的？」曾宇凡睜大著雙眼，眨了眨，「你想吃我可以給你吃一口啊！」

「我吃蛋糕就好了。」他低頭快速的將蛋糕給吃到剩下最後一口，接著將那最後一口遞到曾宇凡的面前。

曾宇凡燦笑，將烤布蕾挪到一旁，拿起叉子扠著那剩下最後一口的蛋糕，下一秒就往嘴裡送進。

霍梓晨有些汗顏，喝了口水想降低自己的緊張感，見曾宇凡拿起小湯匙挖了一口烤布蕾，他的臉簡直整個僵住。

當醫師路程，第一次看大體都沒這麼緊張，第一次進開刀房跟刀也是沒這麼緊張……

叩！

小湯匙撞擊戒指的聲音清脆的傳出，曾宇凡微嘟起唇，納悶地用湯匙挖了幾下，還邊碎念著：「什麼東西啊？為什麼這烤布蕾裡面好像……」

戒指被小湯匙勾起，夾帶著一小坨烤布蕾，戒指上因為燈光閃爍了一下。

曾宇凡腦中一片空白，拿起了戒指呆愣地看著。

「咳咳……」霍梓晨的喉頭像是被什麼東西給哽到，他咳嗽幾聲，迅速地拿起水潤喉。

對上了她的眼，他抿了薄唇，緩緩開口：「宇、宇凡……」顫抖著手將那枚戒指拿回來，霍梓晨從座位起身單膝跪在她的面前，此刻，整間餐廳的燈都暗了下來，唯獨只有霍梓晨這一桌是亮著的，餐廳裡面所有人的焦點都放在他們那一桌。

腦中的那些逐字稿在此刻突然想不起來，明明是一字不漏的背好，也練習了很多次，但現在的思緒整個雜亂，他顯得無奈，更顯得緊張，繼續說：「我記得，在妳來醫院沒有多久，那時對什麼事都不熟悉的妳，曾經問我說重新遇到妳是不是一件麻煩事？可能妳當下只是隨口說說，但我聽了進去，我不會覺得遇到妳是麻煩事，相對的我懷念起我們的高中生活，懷念起那段我偷偷喜歡妳的日子。

「因為種種的誤會我們高中沒有緣分在一起，但我覺得自己很幸運，因為我又重新遇見了妳，交往這幾年，雖然會吵架，雖然會冷戰，但隨著時間過去，我越來越知道妳就是我想要相伴一輩子的人……」他嚥了口口水，戒指顫抖著舉在曾宇凡的面前，「嫁給我，好嗎？」

曾宇凡呆愣，面無表情的臉顯現不出她此刻的情緒為何。

「凡哥！快答應啊！」某個角落處傳來李懿瓴的聲音，曾宇凡這才發現李懿瓴與她老公在場，不對，根本所有的高中同學都來了，怎麼剛剛吃飯的時候她都沒有注意到這些人？

因為李懿瓴的聲音，其餘的人開始起鬨著，要她趕緊答應求婚。

「嫁給他！嫁給他！嫁給他！」

她的臉部抽蓄，下一秒眼淚掉了下來，目光閃爍的看著霍梓晨，「我……」

她一開口說話，大家安靜無聲，紛紛屏息。

「我……我本來是沒有打算要嫁給醫師的。」曾宇凡這句話一出來，眾人紛紛變臉，她繼續說：「醫師的時間都被醫院綁住死死的，但這幾年來我看到了你即使將大半的時間都奉獻給了醫院，可是你還是會盡量抽空陪我，就算當天要值夜班，還是堅持先送我回家，就算忙碌無法見面，你也都會打電話給我……」邊說著，她的眼淚越流越多。

「我看到了你的努力與改變，到底我曾宇凡何德何能，能夠遇到像你這麼好的人……我也告訴我自己，高中錯過的緣分不要重蹈覆轍，所以……我要緊緊的抓住你。」說完，她直接將霍梓晨的戒指奪下，打算要自己套在自己的手上，可弄了幾下，戒指套不好，霍梓晨哭笑不得的起身，又將戒指奪回。

「沒看過自己拿戒指套自己的女人，這戒指是要由我來套的。」他輕笑，抓起曾宇凡的小手，將戒指抵在無名指處，「我可是不打算給妳反悔的機會。」

「你才不要反悔。」曾宇凡笑著說。

霍梓晨雙手溫柔地替她抹去淚水，捧起曾宇凡的臉，溫柔的一吻，這個吻也讓其他的觀眾紛紛拍手叫好，讓整個餐廳好熱鬧。

徐徐時光中，他們錯過了彼此，隔了幾年又重新相遇，進而相愛。

能遇到你／妳，真好。

我與你／妳的緣分，一直沒有斷掉呢！

（全書完）

#【後記】

嗨，大家好，我是小恩，很開心以第二本商業誌再度跟大家見面了，希望我沒有讓大家等太久（笑）。

先謝謝願意拿起這本書閱讀的你。

這次的故事有別於我以往筆下的校園愛情故事，揮別校園，人們即將要面對的是社會職場，是的，沒有錯，很明顯的我這次的愛情故事是以出社會來當作背景來撰寫。

我刻意以男女主角出社會後相遇，以及他們過去高中時期的兩段時光來做交疊，不斷的從過去跟現在這兩個時間點來做穿插。

不知道大家會不會回味起初戀這個階段？

第一次喜歡的人，你想不起你是怎麼喜歡上的，但等你發現的時候這份喜歡已經很深了。

過了很多年再次回頭，依然還是會有些記憶，因為每個人在心中都有一個特別的位置來收藏這份初戀。

但如果你的初戀像男女主角一樣是沒有結果的，在經過了數年，你又再次遇到當初讓你心跳加快的對象，而對方也剛好是單身，你會怎麼做呢？

是會鼓起勇氣的開始行動，還是站在原地什麼都不做？

我覺得每件事情的發生，都是老天爺為你所做的安排，雖然這些美好的情節只有在小說裡面才會發生，但若是遇到了一個你很喜歡的人，就應該要好好把握勇往直前哦。

祝福每個人都能夠為愛情而勇敢。

BY 倪小恩

PS：偷偷說個小插曲，因為霍梓晨這男主角智商高情商低，有時候我寫著寫著，都會因為他笨拙而抓狂，這時候我都會想抓小角色蕭旻言來電電他XDDD

要青春55　PG2318

要有光
FIAT LUX

我與你的緣分，未完待續

作　　者　倪小恩
責任編輯　喬齊安
圖文排版　林宛榆
封面設計　蔡瑋筠

出版策劃　要有光
發 行 人　宋政坤
法律顧問　毛國樑　律師
印製發行　秀威資訊科技股份有限公司
114台北市內湖區瑞光路76巷65號1樓
電話：+886-2-2796-3638　傳真：+886-2-2796-1377
http://www.showwe.com.tw
劃撥帳號　19563868　戶名：秀威資訊科技股份有限公司
讀者服務信箱：service@showwe.com.tw
展售門市　國家書店（松江門市）
104台北市中山區松江路209號1樓
電話：+886-2-2518-0207　傳真：+886-2-2518-0778
網路訂購　秀威網路書店：https://store.showwe.tw
國家網路書店：https://www.govbooks.com.tw
總 經 銷　聯合發行股份有限公司
231新北市新店區寶橋路235巷6弄6號4F
電話：+886-2-2917-8022　傳真：+886-2-2915-6275

出版日期　2019年10月　BOD一版
定　　價　260元

國家圖書館出版品預行編目

我與你的緣分,未完待續 / 倪小恩著. -- 一版. --
臺北市 : 要有光, 2019.10
面； 公分. -- (要青春 ; 55)
BOD版
ISBN 978-986-6992-25-4(平裝)

863.57 108014665

讀者回函卡

感謝您購買本書，為提升服務品質，請填妥以下資料，將讀者回函卡直接寄回或傳真本公司，收到您的寶貴意見後，我們會收藏記錄及檢討，謝謝！

如您需要了解本公司最新出版書目、購書優惠或企劃活動，歡迎您上網查詢或下載相關資料：http:// www.showwe.com.tw

您購買的書名：________________________________

出生日期：________年________月________日

學歷：□高中（含）以下　□大專　□研究所（含）以上

職業：□製造業　□金融業　□資訊業　□軍警　□傳播業　□自由業

□服務業　□公務員　□教職　□學生　□家管　□其它______

購書地點：□網路書店　□實體書店　□書展　□郵購　□贈閱　□其他

您從何得知本書的消息？

□網路書店　□實體書店　□網路搜尋　□電子報　□書訊　□雜誌

□傳播媒體　□親友推薦　□網站推薦　□部落格　□其他__________

您對本書的評價：（請填代號　1.非常滿意　2.滿意　3.尚可　4.再改進）

封面設計____　版面編排____　內容____　文／譯筆____　價格____

讀完書後您覺得：

□很有收穫　□有收穫　□收穫不多　□沒收穫

對我們的建議：________________________________

____

____

____

請貼
郵票

11466
台北市內湖區瑞光路 76 巷 65 號 1 樓
秀威資訊科技股份有限公司 收
BOD 數位出版事業部

（請沿線對折寄回，謝謝！）

姓　名：＿＿＿＿＿＿＿＿ 年齡：＿＿＿＿ 性別：□女　□男

郵遞區號：□□□□□

地　址：＿＿＿＿＿＿＿＿＿＿＿＿＿＿＿＿

聯絡電話：(日)＿＿＿＿＿＿＿＿ (夜)＿＿＿＿＿＿＿＿

E-mail：＿＿＿＿＿＿＿＿＿＿＿＿＿＿＿＿